西村尚歌集

言の葉

青磁社

國學院大學神道科のＯＢたちと新潟旅行へ。

朝代神社、春季例大祭に父娘でご奉仕。

宮中歌会始に向かう日の朝、旧古今舎にて。

大蔵流狂言師の四世、茂山千作氏と白峯神宮にて。

2017年　幼稚園の夏祭り。初めて浴衣を着て、嬉しそうな香乃。

2018年　荻窪白山神社にて、弥寧七五三参り。神主さんの言う事を一生懸命に聞いています。紳作さんと。

2018年　二人一緒なら、登園だってこの笑顔。

2019年　香乃、桃井第二小学校入学式の朝。弥寧はパジャマのまま、香乃ちゃんのランドセルと帽子を借りて、ランドセルがおも〜い！

言の葉＊目次

今度の雪 9
知らない 10
尻　餅 12
猫　柳 13
鎮花祭 14
五階の窓 16
祈みごと 17
飛び魚 19
汗の木 21
片膝つきて 22
招待状 24
及ぶ秋冷 26
飛ぶもの 28
万全なりや 30
軒の寒さ 31
踏ン張る 33
手触れる 34
啓蟄の雪 36
夢の渚 38
大方は 39
首夏なれば 41
陰　陽 44
伊勢往来 46
今朝の櫛 48
ドアの内外 50
人　生 51
弥生糸 53
野　剣 55
いけさうな 56
履歴書 58
べつに 60
一本桜 61
春の戸 63
途上人 64

銀の道　66
螢袋　67
梶鞠　69
化石の木　70
蟬の森　72
八月尽　74
秋づくや　76
鳥船　78
秋日　80
枇杷の花　81
冬晴れ　83
命愛しめ　84
出雲往反　86
一念の花　88
堀川通り　90
卯月大変――高瀬隆和を哭す　91
枇杷の実　95
八月暑し　96
やい、落葉　98
花立　100
街は雨　102
沿線嘱目①　104
箒の先　105
沿線嘱目②　107
冬太り　109
春の夕暮れ　111
淀の水車　112
春が来て　114
梨の花　115
さみだれ　117
梅雨進む　119
杜の小宮　120
晩夏懸命　122
いまだ現職　124

風冷えて 125
秋晴れて 127
夕しぐれ 129
山の彼方 130
内外清浄 132
一匙の身 134
寒い三月 136
うしとら 138
ぼたもち 140
気になる木 142
雨々寒々 143
空吹かし 145
白桔梗 148
八月一日 150
この世の橋 152
目　印 153
寿の人 155
明け暮れて 156
老けられぬ 158
金　将 160
息　白 162
校了未だ 163
駆け出す 165
春の八衢 166
愛宕さん 168
紫の薔薇 170
山鳩の声 172
かがなべて 174
晩夏光 176
茗荷の子 177
神無月 179
駄　賃 181
一束の秋 182
目玉焼 184

図星 186
千歩 188
杖代 189
小米桜 190
持笏 192
春雨紀行 194
男の仕事 195
心意気 197
八重葎 199
肩甲骨 201
伝供の桃 202
月のリング 204
神饌 206
喜の字 208
老の舌 210
言挙げ 212
膝の冷え 213
春の予祝 215
検査 217
なればなり 218
知らない 220
深爪 221
日々まみれ 223
鉾立ち 226
気象語 228
タモはタブ 230
鰯雲 232
葦原 233
孫の手 235
百物語 237
気侭な詞書　自作自演　道連れ 238
気侭な詞書　自作自演　凡百の首 242
散髪 246
神は指紋を 247

得　心　249
思惑任せ　250
手短かに　252
アプローチ　254
三叉路　255
事　情　257
たんと　258
けんけんぱ　260
見るだけ　262

あとがき　266

西村尚歌集

言の葉

今度の雪

枯れはてしひこばえの田に消え残る雪の陽炎は寒さ厭はず

百十たび宿直の夜に聴きたるは冬の筧の水の豊かさ

正常か老いたるなるかティッシュにて果物ナイフの刃を包みたり

愛宕嶺を越え得たる雲の悦びに晴るるる市街へ風花を撒く

近江野は雪の平ぎ竹藪は被らず杉は梢に重し

昨夜の雪は竹をへし折りそのままに葉にこごりをり極寒至る

山峡の「立木」の駅は雪ン中しかも列車は徐行もせずて

降りてやみやみて降りつつ雪になる今度の雪は海育ちなり

知らない

南山でなければ窓の大江山悠然として見ることは稀れ

枯れ蓮は枯れるだけ折れて水漬きをり「学食」の大き硝子に映り

立春後、雪は何度か屋根に降りゼミ生の「卒論」五篇読み了ふ

ゆけるなら行つてもみよと笛吹けど彼らは笛吹童子を知らない

中国に東施なる女人ありしとふ留学生王雪梅は西施に近い

抽斗は沢山あるほど有難いただわけもなく突つ込むばかり

遅かりと早発ちしたる黄沙かな昨日の雪はまだ溶けぬまま

尻餅

留学生鮑君のいふ四字熟語「一衣帯水」を破る尖閣

政治家に年齢《とし》は禁物、同級生古稀ども四苦を語る時居ず

ミサイルも黄沙も西より到来といへどもミサイルの方が遠くへ

磨かれて円くなりしと研ぎ出され尖れるとあり老の尻餅

寄り道もせずに通ひし福知山の二十余年に道は変らず

鶏冠の深紅のごとき苺あり抓む指先ややざらつきて

春の彼岸すぎてもまだ降る雪・霙、卒業ゼミ生の二人はニート

猫柳

雪積める土手のなだりの猫柳居間に一枝脹らむ〈雨水〉

懸命に起ち上がりたる春の雷踏みいだしたる二・三歩ばかり

秋吉台けふ山焼くと観るテレビ、春日野の飛火の野守は冬眠中か

堀川は春秋もなく水枯れて安倍晴明は空咳ばかり

青白きフラッシュに自らを華やぎて春を一騎の若駆けの雷

年寄りが鉛筆Fもて書きし文字小さく薄く目に悪しき文字

珍らしく長もちをせる蠟梅の汚れやすでに素志も忘れつ

鎮花祭

北山を起ちたる雲は冷えびえと堀川通りを真つ直ぐに来る

小賀玉は仰ぐに高く脚下照顧小指の爪ほどの落ち花

お祓ひの榊伐らむと木にわたすアルミ梯子を神か降り来し

いささかは世につき合ふか目が痒いだがまだ何も言はずにおかう

「夜桜のお七」のやうな花吹雪されぱと昨日〈鎮花祭〉あり

三月は意外の疾風《はやち》、南北に吹くたび服を改めさせて

約束の期限切れれば捨てらるるオールドそれはウヰスキーぢやなく

五階の窓

十年前二十年前…六十年前わが十歳は敗戦の年

文系に遠き分野の一学部ノートパソコンに追ひつけぬ脳

教へ子といひたくもないゼミ生が或る日敬語を使ひ始めぬ

人生に軟着陸《ソフトランディング》の場はあるか〈死〉に無く〈退職〉に多少言へるか

定年にやや間のあれど企みは空中分解を避ける辞め方

留学生王凌雪の黙したる「反日デモ」に知人映るか

中国人陳維帰らず日本企業の日本人となり小橋瑠維とふ

旗揚げの心意気さへ報はれずしんがりを行く敗戦少年

大江山はるかに望む目の位置の五階の窓を閉ぢて職辞す

祈みごと

東京は坂の街なり帰り来て歩む舞鶴は平《ひら》の一枚

本郷通りのオープンカフェに春雨の降りいでて軒の一列に喫む

先行者「青年会議」の八十歳を青年時代には思ひみざりし

黄桜がやや紅色に移るとき確かに四月は五月となれり

「大江山いく野の道の」まだ遠し京都縦貫道は猶も工事中

「由良の戸を渡る舟人」現実はウインドサーフィン、波乗り板《サーフボード》ら

青葉照る社の床に纓ゆれて例《ためし》のままに平服したり

祈《の》みごとは短きがよし我がいのち保たせ給へ一つにて足る

起ち上がる時やや平衡を欠く動作、持笏は杖にあらねど用ふ

飛び魚

田はすでに空を映さぬ繁りにて五月このまま「さ」乱れずにあれ

舞鶴湾の真珠養殖　軍港でありし歳月よりも長かる

飛び魚に小骨多きは滑空にはた海泳に不可欠なるや

学園をさう尊ばずサラリーを得しは壮より老に到るまで

まるで地球の裏側からでも来たやうな感覚に出づ　朝顔の前

十九日「父の日」識《し》らず父の死は二十日なりしと昨日も今日も

立てつづけに二人の葬儀とり仕切り魂消る思ひに聴く雨蛙

玄関に辿りつくまでに新入りの黒犬、のら猫、両側の草

冬児なるわが黒犬は初めての夏に遇へれど毛皮を脱がず

汗の木

跳ぶでなく走るでもなく足の爪ひとつ剝がして八月に入る

今わわと啼く蟬いづれ　幾つもの空蟬数へ蟬穴のある

凱歌とも啼きゐし蟬も八月の十五日にはかに数減らしたり

長からぬ参道に転ぶ幾つかの蟬は掃くよりも手に抓むなり

体温を上げつつ炎暑を耐ふる午後、汗噴きいづる汗の木となり

黒媛はもゆらといふ犬　路にあふ大小の雄に靡く尾を振る

黒犬を牽きて遡上の川岸の橋ごと渡るこの世の橋を

花筒を作ると入りし竹藪に忘れし鉈の刃の凛しかれ

片膝つきて

幻聴と思ふは愚か今われに湧き上がる歌はただの耳鳴り

掃き溜めの夏の落葉に片膝をつけて火を鑽る燐寸の稜威に

嘆くとも嘆かざるとも百日紅花に倍せる花びらを撒く

川下の町は晩夏の高潮に水漬きつつ己が町を捨てざる

列車待ちしたりされたり単線の京往反はそれも人生

つれづれに何か思はむ晩夏光、荒神橋の中途に来る

漏るるなく再びかの世に戻りしや盆の花筒鶏頭褪せて

仰向けに落ちゐし蟬を空中に放《はふ》れば翔べり死にたかりしか

今日四つ昨日は三つ落ち蝉をこれも落葉の玉樟《たぶ》に載せ焚く

招待状

敬老会の初招待状うやうやし時間ばかりは道草をせず

二度わらしに戻る過程の一つなり友去り人亡せ愚痴多くなる

オイといふ鏡に映るは我ならず二十年前の老が顔出す

ミュンヘンに茂吉が抜きしといへるもの七十にして我は見習ふ

職辞めて半年を経ぬ思ふらく〈週一〉の講義は男の未練

親の顔を見てみたい受講の女子学生会はば祖父母へ逆行せむか

花ばかり見てお仕舞ひの彼岸花仏教以前の名を確かめず

曼珠沙華はひと群炎えて夕ぐるる橋の畔は異界の扉

午後六時早やも昏みて立ち上がる野火の巻き舌二岐れせり

及ぶ秋冷

突として十日は咲きて跡を絶つ彼岸花なり未練など無し

心砕くといふ恐ろしさ金梃子を鉈に持ち替ふ七十歳の秋

ただ歳を取るのも一つの業績と思へよ何ら業績無いが

新人が生れて旧人消ゆるさのその魂魄のすれ違ふ音

だんだんと齢重ねて古稀とふは幼くて望みしヂディの領域

今よりもすでに「明治」の近くある昭和十年　秋を古稀たり

「黒髪の翁」なる歌作りしが爾来十年まだ黒が勝つ

ライトアップして輝かな運動場《グラウンド》にゴールポストは網張るばかり

テクニクを伴ふものは苦手ゆゑメールではない電話で済ます

よべの雨あがりて澄める朝御饌の祝詞に及ぶ秋冷のあり

飛ぶもの

一雨や一吹きなどでは散り切らず落葉それでも日々降りかかる

人間と同じか否か赤照りの柿の実日ごろ渋を溜めこむ

ひと夜さを雪被きたる残り柿渋面赫く鳥よせつけず

あだ生えといへど色づく夏蜜柑、 野鳥は回状を廻はし終へしか

軒先に雨絶え間なく喋りゐて喋り疲れか明けて静けし

かはたれの川を飛ぶ鷺、鴨三羽、雪ならむかな犬は目を上ぐ

イヌコロでありしは去年、黒巫子となりて寄り添ひ時には戯《ざ》るる

雪積める草土手を曳く黒媛がしきりに匂ひ嗅ぐ菊の跡

わしわしと飛ぶは五位鷺、バタつくは鴨らし暮れて川の上空

体内に水路あるごと鴨三羽くろく夜空をたがへずに飛ぶ

万全なりや

古老柿と呼びて粉噴く干柿の宇治田原産わが古稀の秋

那智・赤間まして端渓にあらざるが折りに臨みて筆は喜ぶ

十二月八日はレヽハヽンヽの日といふが次の世代は只の一日か

金銹をふり撒けるごと散り敷けるメタセコイヤはやはり化石木

雪積める盆地ひといろ川筋ののびて剛志の万全なりや

堰堤の雪なだれずに止めゐる枯れ芒みゆ白翁にあらず

白毫にあらず眉根の一本に対きて朝の洗面長し

杉渓に倒れし壮の幾本の無慚さ雪のはからひの上

夜桜にかがり火明る壁画あり今朝雪の街発ち来し我に

軒の寒さ

冬の間の埃といふもただならず机上はおろか目にも耳にも

枯れ土手のとある処に今日もかも黒媛あらはに用足すあはれ

フーンとふ音を伝へて品川に着ける「のぞみ」の東下りや

東京にわれが来てゐる何だらう内濠の水の蒼きさざ波

思はざる寒さに蠟のごとき花待たるる雑司ヶ谷蠟梅忌の墓

幾人か遠く友ありその友はいかに思ふや　雪に咲く梅

振り向けば振り向くだけの歳年が後追ひて来つ後詰《ごづ》め昏しも

十二月二十日の雪が立春の雪に降らるる軒の寒さや

踏ン張る

益体《やくたい》も無い木と思ひし木に結ぶ褐色の実は無患子なりし

街道に「道の駅」なる看板が見えて列車は素通りしたり

「毛沢東」がわが神社をば参拝す賽銭箱の〈壱円〉紙幣

杉並みに消残る雪は朝明けを踏ン張るごとく頑固にかたし

足弱となりて捨てんか身を生きし二足のわらぢ三足の靴

朝刊の「お悔み」欄を愛読し三日の留守に知り人の載る

飼主不詳のアヒル三羽はやや水の増す川を掻くその方は「明日」

十二月二十日の雪が啓蟄に残るを稀有のままに暮れたり

ゆり戻す春の寒さは彼岸まで彼岸までよと囃せど降れる

手触れる

風花を名残りに撒ける虚空《おほぞら》の大き手思ふ手は厚かりき

大いなる遺影に礼し「偲ぶ会」の飲食に笑ふ人ら羨しも

南より雷かち渡る三月の雲の原野は起伏の多し

人生の折り返し点は疾うに過ぎ犬曳きて橋に手触れて戻る

あだ生えのゆゑの不味《まづ》さと思はねどこの夏蜜柑本当にまづい

あれは確か花粉症かや雨の降る今日のわが鼻通り良きなり

幾人か名簿に消せる人の名が不敵なる笑みを湛へて並ぶ

けふ神を元つ御座《みくら》に還したる某化粧品工場鎮守社しぐる

時雨るるや黄沙か知らず北山は朧にはるかこれこそ日本

啓蟄の雪

芹なづな御形《ごぎやう》はこべら仏の座春に七草われに七癖

年明けて二度の東上その都度に雪降らすなり丹後のみやげ

三寸を積みてなほ降る牡丹雪　神田明神下に傘無くてわれ

我といふ老骨はさぞかし固からんならば箙《えびら》に梅一枝を

夕ぐるる中にも黒く鴨のゐて鳴き立つるとき川ひびきせり

十二月の雪自《みづか》らは根雪なぞになりしと知らず三月近し

ひと月も前の手紙を啓蟄の今日開封し吹雪に遭へり

夢の渚

掘り抜きに地下水揚げる竹筒の冬温かき西村の廂《ひさし》

大夢も小夢も寄れる渚辺に打ち拉《ひし》ぐなり一枝のさくら

蛮行の一つイサザの踊《をど》り喰ひ胃は地底湖のやうな小波

川に依る鳥・魚らは川神のなさけのままにヌートリアすら

わが耳は夜半の波止場のクレーンの音ありていいねて後も荷役か

コシヒカリの由来を知らず米つくる農業大学校の天晴れ生徒ら

村山富市《とんちゃん》の大勲位とふは軍隊と正直に自衛隊を認めし功か

花便り南からきてゴールデンウィークすぎて桜は北に変はれり

細菌戦に及ぶ妄想、万丈の黄砂の壁はゆらぎつつ厚し

　　大方は

黄菖蒲は水際に明りこの川の流るるかぎり五月に咲かむ

蓮池は蓮ひとしなみに葉のゆれて風通ふとき百羽のごとし

揉まれ散るは大方今年の稚葉にて雨に散る葉はみな古きなり

耳聡き人に遣りたし指に拾ふルビーのピアスのごとき桜実

愚管抄学びて過ぎき神皇正統記習はで過ぎきすでに古稀はや

本人が何歳《いくつ》にならうと茶や花の大師範はつひに今も教へ子

平成の大合併の大迷惑、新聞付録にルーペ持ち出す

天罰は何を落とさん深峪の鉾杉はみな槍衾《やりぶすま》なす

少しづつ雨は激しさ加へつつ埃まみれの土の匂ひす

首夏なれば

若葉より青葉に移る田の森の五月朔日ふくろふの啼く　（Ｉ）

領するか衛《まも》るか知らず森棲みの梟親父　今夜は出番

田に水の張られたるらし特急の夜窓に知らぬ池光り過ぐ

田植機に手心の無くかいかいと鋼《かね》の手肱《たなひぢ》に水沫《みなわ》掻き垂る

谷蟆《たにぐく》のさ渡る涯《はて》は人の庭律儀にあを葉の闇塗りながら

洲をつくり洲に別れゆく朝川のせせらぎに億千の舌あるごとし

罔象女《みづはのめ》の黒髪長く梳る水底みゆれ五月のひかり

川棲みの緋鯉真鯉のしづもれる春のゆふべは福々とゐる

はしけやし我が黒媛は日に一度曳かるる時は犬になりたり

（Ⅱ）

金鳳花は牛に喰はすな牛のをらぬ現今の畦の黄なるさざ波

捨てもせず棄てられもせず故里は日の出日の没るそれだけのこと　（Ⅲ）

ひえびえと桜は咲きて病院の測る血圧こたびも高目

肉体と精神の間に寸毫の隙生れし時に転倒したり

胆太くなりゆけよ我、踏んづけてゆける奴らに扇子を贈り

うち捨てん転がりてをる落ち椿あげし首級《しるし》のまだたらぬ数

散り際は華やぐとふは桜のみにあらずてさくら　一《いち》華やげり

海あれば鯉は召されず尾頭の尺五の鯛を案上《あんじょう》に置く　（Ⅳ）

黄金週間《ゴールデンウィーク》今年は晴れて婚一つ祭り三つを仕へて目出度

津軽海峡をさくら渡ると知らされし昨日の庭に黄桜《きざくら》は散る

前線の北三〇〇キロは今日の雨　沖縄はすでに梅雨なる五月

陰　陽

玉葱の球は鱗茎といふを知る還暦・古稀をすぎて知る恥

陽暦の六月五日は陰暦の端午の節句　陰陽めでた

竹の皮剝がれて伸びて化けの皮剝がれてさらすテレビの素面

一の橋すぎて二の橋三の橋四の橋ゆけどわれは現身

街川のうへ往反の夕つばめ我が目の知らぬ天の撒き餌か

彼の世にてもまだ死がありと絵巻物は人を糺しき観て疲労せり

今日の仕事、明日へ持ち越し明日の仕事翌々日《あさって》へ遣る長寿とならむ

南から上りくる雨、前線の北側はいま青葉照る域

梅雨前線はヒマラヤへ延び東西に及ぶ限りを亜細亜《アジア》と言へり

伊勢往来

沖つ藻の名張の山に没らむ日はそのまま二上山の峯にかかるか

真みどりの稲田に隣り枯れ色の一望広き伊勢の麦秋

丹後より五国をわたる伊勢の地やかつての講は秋葉もかけし

たたなづく大和青垣入梅雨に烟れるほかは何事の無し

玉砂利の限れる森の底知れぬ青梅雨があり物音たたず

斎宮址すばやく過ぎつふり向かず往かれよ鈴鹿言霊の人

わが背子を大和へ遣ると立ち濡れしその黒髪は誰が手巻けるや

六月の烟る夕べの郡山城下に狭き金魚池あをし

伊勢菊の乱れ同じに撫子の乱れ花知る講義を終へて

今朝の櫛

朝湿り夕湿りせる一森の夏の落葉の煙はけむし

わが藪の青竹伐りし流し素麺旨かつた由話を喰はす

荘厳をせんかゆさゆさ大いなる天蓋花の揺るる百日紅

描くてそれでも鳴けるつくつくの今年遅きは応報なりや

鈴虫の一鉢ここは過密都市鳴かざれば己は存在はせず

〈刻〉だけは嘘をつかぬが重陽の夕暮れはなんと一時間早い

南風四日その後北風の三日がありて秋きざす街

昨日まで三日北風けふ南、犬を曳く身がことさら重し

風の音に驚きはせぬが今朝嚙みし櫛の白髪に秋立ちにけり

ドアの内外

同級会に妻を亡くしし男来ず夫に逝かれし夫人は来たり

馬でなき鹿は煎餅の売り人に強請《ねだ》らず観光客に群がる

それほどは旨くもあらず湯気の粥奈良いち見《げん》の宿の朝膳

ぼさぼさと椎の枯れ枝伐《う》たれしが傲然と立つ虫喰ひの幹

動植物みな生くなれば農業大学校、飼ひ、耕して夏休み済む

桃よよと啜る三時の台所、妻留守にして日も翳るらん

酷夏にてありにしゆゑか熟さぬに銀杏は九月実をふり落とす

ガランドウのままに一年、定年を前倒しして辞《や》めし研究室

絶望といひ得るまでに白チョーク握りしか否、放《はふ》りしか否

人生

いくばくか世を憎むゆゑ近頃はとみに人中歪みてみゆる

熊の国の船乗りたちは鮭よりも中古自動車を積み上ぐが好き

四ツ谷見附の登りに遅れし高橋尚子「復活」は一度限りに負けぬ

人生は永久なる長さ朝卵一つ呑むときしじに思ふも

足の裏けふ小さしや前後よりも左右にかしぐ直立のとき

ニッポニア・ニッポン滅び秋山の稜線劃する空の朱鷺色

土踏まず火照る夜半は氷《ひ》のこころ抱きてゐるむか暴発せぬが

大熟柿《おほじゆくし》ずずつと啜る味を知らずもはら堅きを歯は出迎ふも

「人生馬上過ぐ」それも人生、地に即きてサハリを走るそれも人間

弥生系

敷きのべし檜舞台を左右左右《さうさう》と大黒蟻の這ふ薪能

おお、秋に音はあるのだ秋《しう》といひ愁《しう》とも鳴りて意気を消す音

珍らしむ秋の黄沙は北鮮の「核実験」の二、三日のち

異様《ことざま》に多くドングリ降る今年弥生系なるわれの頭上に

しぐれ癖づきて三日目まだやまず時雨の母はバイカルの空

夜の鳥を鵺といふなり昼の鳥ははて何といふ六ヶ国会議

小春日を得て否の無きわが歩み躓く石をひよいとも避けて

循環の四季狂はぬが耳深き冬森にせいせいと啼く蟬を飼ふ

古稀越えて後は一瀉と見やりしがまだ遠きかな傘寿も喜寿も

野　剣

今日降るか明日は来るかと待つ窓にせめてとばかり年の瀬、小雪

清めんとせむばかりなる雪霽《は》れて「喪中ハガキ」は年を越さざり

ひとたびは雪の隠しし荒庭に草萌えのごと新年到る

年明けてまだ蓬《ほほ》け立つ薄《すすき》あり老骨とふは意地つ張りなり

削ぎゆくか溜めるか知らず老醜と呼ぶ身の垢は輝くものを

「馬上少年過ぐ」しかはあれど馬も亦老ゆ、誰か嘆かん
わが干支の六巡目なるキノシシは野剣のごとく畑に揮ひき

いけさうな

柊はいつに過ぎしか蠟梅は季待てぬがに黄の花掲ぐ
万骨の枯れたるに似て無惨なる落葉のうへに蠟梅は照る
膝つきて神に仕へしゆゑならず屈して痛めし七十余歳

二黒土星、亥われに六巡目駆けてもいいが転ぶでないぞ

目を据ゑて憤るなくすぎ来しを葱はさやかに畝にさやげり

冬枯れの野に貯め池のあをみどろ一つ目の閉ぢることなし

七草の粥を今年もいただけば去年に勝れる尻餅ありや

黒媛の御殿の門の注連縄も今朝外されて犬に戻りぬ

こんこんと霰の跳ねる小正月今年も何だかいけさうな、行け

履歴書

一行にて足る人生は今更に望めず長き履歴書を書く

冬枯れの夕杜に神庫の鍵一つ失ひてより心さまよふ

幾たびか目に拭せしが手に馴染む切れ物の無く今日を過ぎたり

遊離魂手に取りだして遊ばせぬ二月立春次ぎは何の日

内耳にて大いなる森は蟬ばかり飼はずにせめて獅子一頭を

補聴器にわが声聴こゆ人の世を隔つこゑかと共振をせり

飛車・角をおとしてなほも負け将棋成金になれぬ歩の大切さ

夕墓地を駆けめぐり来し黒犬の舌炎えてゐき火は噴かねども

山に雪無ければ二月の川痩せてファッションモデルを誰も知らない

分水嶺越えて由良川薄蒼き雪をきざめる河岸段丘

立春をすぎて寒さの戻らずに沈丁花は少し枝を張るらし

べつに

三月の初めの空に白き月夕づくなれど未だ四時過ぎ

響奏《うた》・陽詩《ひなた》・愛芽《まなか》・光来《みらい》ら新生児、国語力件《くだん》の如き若き親たち

とかが増えびめらが流行り老いづける生活に不自由あるのか別に、

耳廃ひはやがて己を閉ざすなるその手始めの通用口か

秋葉講を解散するとふ男衆《し》よ鉄筋にても火事は起きるぞ

自らが思ふほどには測られずやんぬるかなや五尺六寸

このままでゆけば「モンゴル大相撲」日本場所なる柝《き》や触れ太鼓

春の風いやいやこれはほど遠し散髪帰りの自転車のいふ

黒色に替はれる袍の裾さばき変はらず蟻先《ありさき》ばかりがゆれて

一本桜

三月の半ばの昼の雨明るしそれだけでもう目は春となる

人生にもう道草のゆるされぬ思ひに到る古稀すでに過ぎ

あけ方の雨に濡れたる甃《いしみち》の落ち椿一つキス待つごとし

筧より飛鳥井の水絶え間無し春なればややゆったりとして

受験期のすぎて只今入学期　隣家の窓の深夜点さず

水際なる桜は多分ナルシスト昨日よりも花の枝のばしをる

畑中の一本桜　伝承の素人歌舞伎の見得切るごとし

おひねりの一つも投げてやらむかな村の一本桜はスター

春の戸

暖冬といひしながらによく晴れて風の冷たき弥生朔日

やや風の冷たき庭に積みのこす去年の落ち葉に火を飼ひ馴らす

あぢさゐの冬のわわしき枝払ひ気付くとも遅し今年花無し

見栄切つてゐたき三月天上ゆ我に集まる牡丹雪あれ

雪明かりここぞとあらば魁けの一念一寸一祈耀け

夜をこめて降りて積もらぬ春の雪明けて身ながら冷たき丹後

暖冬の言ひ訳めきて降る雪や弥生三ぐわつ一日多し

途上人

かの能登の半日村も大地震　腰の抜けても酒は食らふか

内外の能登を通はす峠路は断谷ならむ友の棲む邑

通り雨北より走りなかなかに温くはならぬ「傘の丹後」は

靴にまで咬まるる因果は何ならん、鼻緒の切れる下駄ならいいか

檄文を書くに冷たさ要るものを己昂ぶる春の浅夢

ドングリと椎と楓に囲まるる檜皮葺にも春秋のあり

やうやくの春は南の竹藪の枯葉ばかりを掃けば解るぞ

人生の目処打つ釘は痛いから竹釘などを探す途上人

銀の道

健康にゐて気づく花、病むゆゑに気の付く花のありて春逝く

朝々を薬の粒を数ふなり「ちゆうちうたこかいな」至福者の声

黄桜はべに差して疲れ藤棚に待ちゐる藤のあくびして垂る

ああ我はどの辺りにてはぐれしか蛞蝓《なめくぢ》は銀の道立つるとも

生命あるもの手にかくるはとてもとてもだが野菜よりも焼肉が好き

春うらら今日の大空、鳥・雲の他にはゆつたり飛行船航く

群行はむらだつ匂ひ西行の一人の匂ひ　我は説かねば

鴨脚《いてふ》には健康倶楽部《ジム》の無いけれど若葉は樹形を整へてゆく

ひれ伏すといふは己を鞣《なめ》すこと今日初めての黒袍の服

螢袋

鉢物は侵しもせぬが侵されもせずに螢袋の白そよろ立つ

梅雨寒むといふには温き雨降りて徒生えの枇杷は熟れつつ重し

気付かずに冬を過ぎしか六月経て種太の枇杷は巫女の振る鈴

山城は株張り大和は代を掻き伊勢は麦秋、二時間の間

アシでなくヨシとかつぐか神風の伊勢は呼び名を浜荻といふ

去年雨、今年は晴の伊勢二日。麦秋なれど芽の出ぬ我は

松阪の山室山はいづかたぞインターネットに網張るこころ

七夕に梶の葉の膳塩ふりの一鮎の身の形は跳ねて

梶　鞠

七夕の鞠は「かぢ鞠」梶の葉のゆさゆさ揺るる枝に載る鞠

「人情は紙風船の……」軽けれど蹴上ぐる鞠の軽くて重し

競ふにはあらねど技を誇るなる〈千日の鞠〉を古伝は指せり

山寺の和尚はつきて正銘の鞠はも蹴られ横とびもなす

今日《けふび》はも男のすなる蹴鞠をば黒髪束ね女人も蹴れる

七夕の若者たちの「梶の葉」は指もて綴るケ、ー、タ、イ、である

旧暦を侵《をか》す新暦、七夕に「梶の葉姫*」は大泣きをせり
（*織女星の異称）

化石の木

兼職の教歴五十年は怠惰なりし身を退《ひ》きて知る多忙なりしを

神主《かんぬし》は香を焚かねどあり余る落ち葉焚くゆゑ春は春の香

老骨の葉はよく燃えて春の落ち葉生々あをきはうぢうぢとせる

出身高校にメタセコイアは化石にはあらで化石の木と呼ばれ立つ

南風《はえ》に乗る田蛙のこゑ聞こえずに都市化するとも満月は出づ

どこまでも強情つぱりかべきべきと幹脱皮せる初夏の榠樝《くわりん》は

永遠に夜を梟の鳴きてのち四日の晴れは初夏の証か

五月某日　長虫と百足を共に狩り足無きがゆゑ蛇は放ちし

街川は太鯉むれて静かなりペットボトルも時には浮きて

あらあらと梅雨つぱしりの雷《かみなり》の轟く天界銀座　日曜日

菊に似て撫子もまた乱れ花梅雨の市《いち》なる伊勢の鉢物

取り出して言葉を水に洗ふとき不意に飛鳥井は砧打つ音

蟬の森

ヒグラシを今年初めて聞きし夜に梟も聞く梅雨明けなるか

カナカナの鳴く夕七時戸を鎖さむ一杜の動かぬ蒸す暑さ今

時間はず鳴く蟬棲める身の森の老木の樹液さぞ甘からむ

「立秋」に義理立てなすや暑きまま夕の七時はもうかはたれに

春の落葉・初夏・梅雨と夏の落葉、木のある限りを箒《はは》く参道

ツクツクの例年の声「八月の六日」まだ無しそれのみ言へば

早やばやと夏風邪らしも蓬髪の森の深処に熱こもらせて

一時間昼寝せしゆゑ三時間夜ふかしをして暁闇となる

憤りやすくなりしは年齢《とし》ならず耳廃《し》ひならず生き急ぐゆゑ

もう誰も人を叱るな叱る側が足許みらるること多くして

八月尽

日没が暦に合はすやうにして立秋は七時すぐれば昏るる

汐差してくる街川に横走る小魚《こざかな》ゆるす緋鯉に黒《ま》鯉

炎昼はもとよりのこと夕闇の去らぬ余熱に犬は喘ぐも

足よ足、お前も〈私〉であるからに加齢の膝に笞打ちはせぬ

梅雨蒸せるごとく雨降る八月の末をやうやくツクツク鳴けり

八月も終るといふに鳴かざりしミンミンは寒冷前線南下後を聞く

夕立ちの雲うすれつつやや西にある陽と覚え風さやぎ来る

戦争はいくつになつても怖いもの自然死だつて嫌なのだから

椨《たぶ》の葉を掃きつつ想ふ沼空の羽咋の海の大き没り陽を

秋づくや

沼空も茂吉も迅《と》うに逝きし歳越えて百までまだまだ遠し

小国が大国に対ふに核兵器はたまたゲリラ共に無き日本

夕の五時まだ明かるけど一筋の長街道に白く雨降る

観光の寺社でなければ閉門は夜の九時なれどそれでも早し

十月も十日となれば夜寒とや白きセーター肩に打つなり

秋づかぬ秋海棠もこのところ花乏しらに数を読ますも

秋づくや掃き余したるタブの葉の燃えつきあしく夕べ至りぬ

彼岸花遅しと待てる彼岸過ぎ九月果つる日朱走《しゅばし》りにけり

このところ二・三日犬は外出に我を曳かんとすなり　秋来ぬ

鳥船

天蓋をなす木犀の降らすなる甘き香りに選ばれし人

尻重に羽ばたつかせ飛ぶ鴨の川離れぬは体内ナビか

鳥の翼ひろげし如き稜線に朱鷺いろ発ちて秋くれんとす

秋深しくさめ連発なかんづく大き一つは彼奴の仕業か

刈り入れの後を二期作の如き田の緑に痩せて穂を孕むあり

小野興二郎

天翔ける翼勁かれ妻や子を羽包《ぐく》みし力のやれ衰へな

今は早や故山へ飛ばむ白鳥か天翔る翼を夜露濡らすな

魂となりて帰らむ故郷の面河《おもご》の渓の秋いかばかり

伊吹嶺はいつに過ぎしか石鎚の峯か面河か故郷は秋ぞ

椎の実を五つ拾へり団栗はその数知らず霜月に入る

秋日

不審庵《ふしんあん》の門いかめしく今日庵《こんにちあん》は寂びさびとして共に秋の日

ほのぼのと女人を見詰め無害なる齢となるかなやさぶしきろかも

年々に歳とる我は今年もか壮《さか》んなる欅に葉をば給はる

足早やに宵降り出でし秋の雨明くればしるく肩冷えてゐむ

伊吹嶺は折から伊吹く秋霧に山の胸乳があたり模糊たり

窯元の幸兵衛当主は七代目短歌よくせりただに素に直

オートメの生産過程の陶器見ぬ日に何個われは割らばつり合ふ

箒もつ手力ややに衰へて欅・公孫樹の葉を嘆かめや

志ありや炎えつつ枝さかる一樹万葉の飛天のもみぢ

枇杷の花

五欲もつゆゑに人間の証たり持つかぎり神を背後に感ず

人間は菩薩にあらず人間は永遠に雲なぞに乗れると思ふな

常永遠《とことは》に出来ざるがゆゑ人間の証明をなす「三社託宣」

三社託宣に有効期間のあるでなしされば「赤福」は身を謬《あやま》れり

大歳の夜深きに降る小雪あり比べて枇杷の花も白々

「脳中寒あり」冬に入り込む身のほどろ「閑中忙あり」一人し騒げば

定期健診の医師が「心臓どうですか」その問ひゆゑにいね際怖し

一本の散らす葉数の無尽数といへば壮《さか》んに木は玉気張る

「孫次郎」心に架けて「癋見《べしみ》」面表《づら》に立てて年取る我は

冬晴れ

げんこつの如き実を採りべきべきの枝残りたるクワリンよお前

北側に民家ありせばことさらに北風の日に芥くすべす

補聴器に巣食ふ千羽のカラスめが哭き立つるなり冬晴れ三日

足元に飛び立つ雉をつねに追ひ雀を遣りて歳月暮れぬ

狩衣の袖に寒さを引き据ゑて寿詞《よごと》・祈《ね》ぎごと白すも歳旦

御祖らのすでに賢しカラスめに「烏勧請」なして養ふ

ネクタイを取り替へるなく黒烏脚三本に踏み歩む路

小正月すぎていかにも寒くなる空に月あり　それ山頭火

命愛しめ

白昼を黒装束の一団めわめきつつ延年の熟柿襲へり

お神渡《みわた》りことしいかがと湖近く老を養ふ人に問ひたし

寒ければ背筋を立てて見合ひたる素心蠟梅徹して勁し

如月は喪服着更着《きさらぎ》て玉気張る命の貯ふいのちを愛《を》しめ

東京に二時間の用　往反の新幹線７００系はカモノハシの嘴

温暖性と寒冷性の前線を両翼にせる偲ぶ夜の雨

偲ばるる秋山巳之流は未だ若く『花西行』といはれてこれも
ほのぼのと『花西行』は句の冥加つくして人に労《いた》はられけり
東京の夜のタクシー雨しぶき水飛沫あげ思ひ流せと
偲ぶ夜は上弦なれど雨雲の上なる道を清《す》み渡りゐむ

出雲往反

遥かなる出雲今市この車サバンナ駆けるチーターとなれ

終生の「丹後」に枕詞無しされぱか直截に物言ひて来し

往くほどに左右の視野に残雪の蒜山・大山回路は霰

「所得ぬ玉造」とは、すでに世は在所居職を優越さすか

「赤鰯」丹後と言つぱ環頭の太刀の出土のありし恋ほしも

金よりも銀大切の時代ありき石見《いはみ》は知られ島根知られず

若者ら竹内まりやの名を知らず生家竹野屋の構へも古ぶ

宍道湖に近き宿りの蜆汁味やや薄し酔ひ覚めの朝

八雲立つ出雲宍道湖霧らふものなくて漁るしじみ舟見ゆ

八重垣を結《ゆ》ふか出雲の屋敷林わづかに遣り心塞《ふた》がず

一念の花

風花がときどき覗くガラス窓歯科医のベッドはベッドにあらず

身に余る嘆きのほどを測らむに雪は丈よりも高くは積まず

吹雪く夜をひと筋にゆくチャルメラは「安保時代」をひきずる如し

暖かくやがてしばしば雪の来て蠟梅は弥生も一念の花

厳寒は楷書なりしがけふ書きて気付けりひらがなの多き親展

眼疾一、骨折三への見舞状　もう春なれば見よ起《た》て歩け

秋山實を偲ぶ遺影へ玉串の渡されければ忍び手を打つ

堀川通り

犬のため投げて走らす春の毬草生に潜む神隠しあり

金色の鳥の象《かたち》になるために鴨脚《いてふ》木芽吹けり堀川通り

野放図の枝太刀払ひに切り捨てて庭の万作くれなゐ乏し

マーマレードの黄に色づける夏蜜柑徒生えなれば更に愛しく

黒ずみて堅木の花の散らばるは思ひを遂げて放心せるか

人生は仕上がるだらうか頓挫すか「年金記録」も一要素です

板廊に年よりは早き三寸の百足を素足は踏んづけにけり

草は己を生きてぶすぶす槍奉行われは奴でないのに屈む

卯月大変　――高瀬隆和を哭す

「死す」とのみ聞けばこと足る人の死を言ひて嘆けり昨日も今日も

自づから枝垂桜は咲き垂れて老翁ならぬ男を黄泉へ

一月七日、電話の「癌」を肝炎と書くわが日記、正視に堪へず

河を越え川越え来たる龍野なり〈三途の川〉は春の日和か

振り返り往きしか高瀬、後追ひの出来ざる我とすでに知りつつ

岸上と同じ宗旨の「釈歌堂」遺影に見渡すかぎり見らるる

柩なる高瀬に会はず物言はぬお前に言葉溢れむゆゑに

面窶《やつ》れさぞひどからん骨のみにならば復元不能の身丈

火に焼かれ拾はれむお前の骨格の打ち砕かれて魂魄遺れ
「出立《でだち》の膳」「暇乞酒《いとまごひ》」給はずに我に「仕上げ」はあらずよ高瀬
葬つてのち摂る膳を「仕上げ」とふそら恐ろしきその直截さ
長命のゆゑか逆縁、甘受さるる悲しみの母は永久の慈母にて
再《ま》たは無き死を取りいでて撫でん手の傷ましき夫人あたたかなれよ
孫のゐて自今五十年百年は慕はるるらむ冥福とせよ

君死にて君の息子にまみえたり若き日のお前よりも少しイケメン

於本貫、高瀬は死ねり播州は揖保郡揖保川町半田　忘れず

常永久《とことは》の億兆分の一過なれされど鑽火の五十年なりし

人体を失くせる高瀬がありありと人型をなすわが網膜に

回想の終《しま》ひに必ず高瀬来て明日の出合ひを強ひては消ゆる

やい高瀬、今どの辺り七三に踏み分けて入る途《みち》を思へば

枇杷の実

三日見ぬ田圃なりしが中干《ぼ》しといふ手に株を太らせてゐつ

夜は早く明け放つゆゑ老木の柿に若葉の炎え立つあはれ

初夏の池の水流に紅白のはだらの鯉らひと色の影

水無月を昨日に越えて梅雨晴れの一日賜へどまだ明けはせぬ

枇杷の実は色づき栗の花臭《にほ》ふ父の二十日の命日過ぎき

皮ほども薄く小粒の枇杷の果を食むとき実に歯が役に立つ

わきまへてお辞儀のしたきわが犬を犬抱く女性けはしく忌避す

一首でも嬉しいものを二首までも誉めくれし塚本さんの塋域近し

これからを望む気持の薄れつつこれまでをみる心の厚し

爪割れは何の予兆ぞ人間は二足歩行をやめられず生く

八月暑し

東山は三十六峰、西山は算へてをらず夏曇る日々

夏草の根の踏ン張りに太り肉依怙地《じじ》に引きて尻餅つきし

夏の落葉焚きつつ涼しと悟るまでにわが心頭の静謐ならず

若狭境の馬耳山《ばじさん》の寺は馬頭観音を祀りて夏も賑はふらしも

うなだるる如き歩みに歩む犬「僕」でなければ真つ直ぐにゆけ

あと先の運命も知らず皆生きて悟れる時し謳《うた》はるるらむ

腰高にあをく穂ばらみ立つ稲の株太々と八月暑し

やい、落葉

植ゑられて少年の苗はつん〳〵つんと針千本の筋目を通す

（Ｉ・寓居佇立）

螢袋は色を指さねば駄目ですよ「夜目にも白き」といふ種類あり

もぐら叩きのやうに伐りつぐ篠竹につゆほども無き謀叛気おもふ

耄碌はしたくないなり髭剃りの台に目覚めて髭無きを知る

散髪屋の若旦那はもう五十歳《ごじふ》とふ我は五十二年前よりの客

やい落葉、春と思《も》ひしに水無月もまたたく過ぎて夏ではないか

南風《はえ》にのる竹の枯葉の万舟に四方八方囲まれて佇つ

若き日の不羈の始末は信篤く仕へて釈の某《なにがし》の名に

（Ⅱ・前登志夫氏追悼）

その人は「天狗飛び切り」の術用ゐ崖より飛びて死ぬ目に遇《あ》ひし

八十余年分の一夜、浅春の吉野に雪と猪鍋賜びし

「吉野伝授」とその人は宣りて健吉の口吻に〈酒はぬるめの――〉低唱す

浅春の「一目千本」昨夜《よべ》の雪、花見心地に予祝と称ふ

花立

まだまだと思ひをりしに「眠た癖」付きて立秋未だも暑く

いつの間に花は咲きしか穂を垂るる　風日祈祭《かざひのみさい》は神風の伊勢

盆暮に建つる花筒数読みて伐りだす竹のあをあをしけれ

竹鋸《たけのこ》と山刀を揮ふに隣る竹、身を防がんと笹鳴りをせり

盆筒の青竹伐れば思はるる播州は高瀬の初盆のこと

竹藪は夏の茂りに葉のさやぎわが赫夜姫《かぐやひめ》幹ごとに在れ

節の間の逢ひとふ秘事も無くすぎてすでに竹取りの爺《ぢぢい》や我は

ミンミンとツクツク雑り鳴く森の夕かげ早し急きてをらぬに

矢車の竿そのままのその下に百日紅咲く　来年よ来よ

街は雨

日々犬を曳くご褒美か時として途中に一首賜びることある

秋とふにひこばえの田は真緑を敷きのべしかも穂孕《はら》むあはれ

乏しらに穂ばらむ稲は二毛作にあらで己の秋二度までも

疑へぬ秋となりしに段々と北へ拡がり聚雨となれり

おもむろに北へ向ひし雲の寝て今朝の南下に時雨ともなふ

自転車に一寸のつもりで出でたれどアーケード街は雨に止めし

十三階といへども狭き平地には高すぎるマンション何が毀たん

電化すと工事運休に代替のバスも無くローカル線で良かつた

晩年の到る思ひは半年に参る葬の十指を折れば

晩年を早めし高瀬、晩年を生きとほしたるあはれ七十年

沿線嘱目①

一国の若狭は北に日本海立つる生活《たつき》の鯖に小鯛に

ブタ草の囲む広場にアドバルーン四つも揚げて「JA祭り」

小浜線若狭有田の駅前の農家の柿は錆朱色して

あり余る加賀の野面の丸岡の一つ野墓は砦のごとし

日常の京往復に無き景色その一、広き野の平らぎや

防風林の囲める家が垣間みえそのいくつかは構へ新し

芦原なる一夜かぎりの岡部さん、明日金沢にそを触れむとす

手取川中洲の芦も枯れ枯れて水漬くかぎりの秋のこごしさ

箒の先

昨日までは無き冷たさの夜の雨いっきに降りて人脅かす

能登は夜の霹靂神《はたたがみ》とふテレビあり丹後もやがて雪にまみれむ

「鰤起こし」沖よりくれど蟹漁の季節ながらもさうとは呼ばず

務めよと箒の先の椎の実を口に嚙れば心底独り

殊のほか今年は落ち葉の多くして日暮れ箒に掃きつくす無し

木を見ずに葉ばかりを掃く神主に鴨脚《いてふ》も飛んで色づきにける

御所四囲の路の落ち葉の夥し車が轢き人が踏んで始末す

夕つ日はいづれ勝るや浅瀬には青鷺の立ち水中は魚

子は親を棄つるものなり棄てきれず一代《ひとよ》生きしが二代《ふたよ》はあらず

人は誰も永遠を死ぬるものにして生きながらすでに死せる人あり

沿線嘱目②

新嘗祭にもつとも近く刈られたる街なかの田に蘖《ひこばえ》の無し

金沢は「楼」を名乗りの奥座敷宴ひと夜に治部煮《ぢぶに》給はず

べきべきと蟹の足折る狼藉は手を汚し口を汚すが美味し

「紫舟」とふ菓子風流の板作り秋の狭霧にいかに落ちなむ

いつの間に通りすぎしか走り雨尾山神社の神門も秋

「ポト・プロ」の出自に想ふ哲久の「赤誠」も又遥か思ゆれ

今は「眼鏡の鯖江」を後に夏月堂の菓子を作り主に座りし春吉

味真野《あぢまの》は式部ゆかりか千年の後の北陸高速道路

乗り替への長きホームの敦賀駅、「沼空」の寿司は直ぐ崩れしと

貧しくて義民出づとふ広からぬ田の一角に碑は峙《そばだ》てり

冬太り

舌打ちを一つして待つ雨宿り「時雨丹後」の日癖の街に

竹林はみな青春を烟《けむ》らへば研ぐと時雨は斜めに打てる

鎧袖《がいしう》にはあらで木綿の一袖のほどの縁に厚誼を賜びし

受け口の顔を崩して木・金は月を離れてただの初冬に

高校のメタセコイアは真裸に尖《とが》りて待てる「共通一次」

浮寝鳥ただよふ水の夕くれて近江八幡わが一夜宿

街川の支流の夕べ冬太りなせる鯉らはあぎとひもせず

我よりも十年若き六十五歳に逝きて三十三年岳父たりし人

丈母《ぢやうぼ》なる人身まかりて十三年米寿に我は十五年要る

（共に二月）

拙庭の「素心蠟梅」刻を不問《とはず》、憎々しげなる鵯ば養ふ

春の夕暮れ

脛高にかつ首長に嘴すらも長きが蓑笠の瀬なる五位鷺

一寸《ちよつと》ぢやない一寸ばかりの春の魚いさざ受難の浅瀬えり漁

「智恵出でて大偽有り」とふ　角栄に信に学びし一郎の番

徳も無く智も無く功なく欲ばかり有りて名もなし　春の夕暮れ

女坂を登りて帰りは男坂　雨の首相官邸の傍

家を出れば東京人はよく歩くＪＲ・メトロ・私鉄の乗り換へ

俺よりも若くて先に行きし世に待ち草臥れるほどに待つてろ

三月に最後の雪と思ふ雪予報に降つて重ね着をさす

薄つすらと屋根に消残る春の雪　寒しよ歩む晩年の岸

淀の水車

幣振れば及ぶかぎりの浄明を知らすと咲けり山の辛夷は

天は二物を与へたまはず「鶯は千里鳴い」ても金糸雀《カナリア》でなし

人間は鷺を倣うて春来ぬといさざの躍り喰ひぐびとひと呑み

大いなる揖保川右岸土手道を下りて田ノ字の家なる高瀬

名を替へて釈歌堂とふうららの春日となれど浄土はどうか

君は誰の「死に水」取りし取らぬゆゑ我はいつまで息続くのか

釈歌堂それにつけても遺歌集の『雲の貌』は俗名よなあ

めぐるもの「淀の水車」はよどまずに水の光りを散らさむ頃ぞ

野放図に伸びては花の白き梨、狭庭は一本の翳に沈めり

春が来て

飛ぶものは鳥インフルエンザまた黄砂、杉花粉の他、衛星テポドン

どのやうな風が吹きしか訊《き》いてみよ転《まろ》ぶ椿の唇《くち》の干《ひ》ぬまに

「花落知多少」それどころかよ春荒れに箒の禿《ち》びる明け方の夢

「水村…酒旗」といふに街角「みやもとむなし」飯屋《めしや》　面妖

「花発多風雨《ハナニアラシノタトヘ》」われはまだ言ひ切れるだけのサヨナラもたず

「天の原ふりさけ見れば」浄土にも月昇るかえ高瀬よ高瀬

先越して死んだお前がみな悪い一年の春我ばかり老ゆ

梨の花

朝明けに春雷ひとつの頼り無さ大きく鳴れど心は緩ぶ

いつしらに艸《くさ》が化ければひと摑み摘みて捧げし母の日ありき

艸々が化けるをみんな花といひ名をば知らずて〈花〉にて済ます

早々と芽吹き育つを〈草〉といひ雑草といひ日の暮れ難し

〈草〉とふは早々育つの意味なるか後《ご》づめる草の鬨の声挙ぐ

枯れ堀川に水の戻りて立柳「平安京図」は小路にてありし

桜木と竹藪隣る　爺よりも翁は哀し姫を遣るゆゑ

梨の花しろじろ咲きて咲き散りぬ春忽忙の蒼氓《さうぼう》が身に

いち日の南風《はえ》のすさびに意をとげし如く散らばる樫の尾花は

さみだれ

悪いけど塚本さんのお墓へはゆくなよ只の人となるから

同級の林安一・小野興二郎の早死《じに》の後を某・某はまだ

くちなしの咲かば水無月、仏徒にはならで亡せたる安部正路氏

人間を了へれば次は何になる飛ぶ鳥の明日は知らぬがちと気懸りな

生きかはり死にかはりする永遠を希める者は生きをればこそ

玉葱の春の匂ひは青臭き生命の精を放つ青年

帰り着て嫁ぐ日近き咲耶子はわが黒靴を磨き上げたり

サ、の月の乱れは「五月雨」なかんづく猛く育ちし雷のとどろき

犬を曳く夕べ六時はまだ明かし日永は老を退屈させて

梅雨進む

苗木なる「なんぢやもんぢや」を貰ひ受く珍しいから誰にも遣れぬ

大方は崖のなだりに花白く梅雨頼りなし螢袋は

日用の雑器備前も古丹波も素のまま肝胆の螢袋と

螢袋の花の白きは古丹波に活けありて梅雨のひと月保つ

左官屋の土間の敷紙払はれぬ今年のつばめ濁さず発つと

遠々の自動車の音寸刻の間断のなき耳底街道

高速の自動車道ゆく車らにエーリアンの一台あるひは紛る

ニュートンの発見したる法則に雲雀も権勢も必ず墜つる

青梅を掃きてをりしが黄に熟れし落ち梅拾ふ時経つつあり

杜の小宮

腰高に直立の稲の穂孕《ほばら》むを今日見て過ぎぬ夕べ梅雨蒸し

隙あらば不平不満の身の痒さ腕に走るぞ　あはれ　あはは

君のその昨日の怒りは恕《ゆる》せよと身を捩りつつ捩ぢ花の咲く

空蟬は杜の小宮の向拝に取り縋りゐて賽銭は無し

北欧系猟犬系のわが犬を放てば水の葦辺分け行く

犬が身に近きところを川泳ぐ鴨ゐて鴨も素知らぬ素振り

まだ山に登らむ前《さき》を田に一つ翔ぶ秋津をり風に流れて

「夏の宵は曇れ」いなそれは〈秋〉なりや曇り通して立秋の来し
「去る者は日々に疎し」と言ふけれど「近付く」こともあるぞ高瀬よ

晩夏懸命

竹伐りの翁よろしく盆筒に伐り出す竹の青き精嗅ぐ
和尚《おっ》さんは棚経ゆゑに大黒が眼鏡をかけて愛想のよし
一年に一度墓参の親不孝、祖父母不孝にさらにも先祖

歳とればを欠くやうに従兄姉《いとこ》らがぽつぽつ逝きて昨日は九三歳

われに従弟妹《いとこ》三人あれど今いかが会ふは稀れなり聞くだけでよく

徒生えの梨に花咲き実のつきて庭に翳さす実もほどほどに

何の実と問ふ人あれば徒生えの夏蜜柑よと答へる　愉し

下手鳴きのツクツク法師早々《さうさう》に上手くならずば命足らぬぞ

ひた固き地面にいまだ幾つもの蟬穴数へ夏仕舞ひせむ

日の暮れが早くなれりと思ふ間も──八月下浣午後六時半

いまだ現職

神主《かんぬし》に焚火臭きは身の誉れ杜の参道無尽の落ち葉

一位木《いちゐぎ》の笏執るよりもわが愚痴をよく聞く箒を手にする多し

「桐一葉」いんやいっぱい葉を散らす七月、国会解散したり

梅雨蒸して降りみ降らずみ汗臭き五尺五寸の湿・温度計

へたくその蜩は梅雨の夕森に世情戸惑ふごとく鳴き出づ

晩年は思ひし日より始まるぞ娘の嫁ぐその日でありし

朝七錠、昼・夜一錠、ほぼ十年飲みつづけ先のまだある話

風冷えて

山沿ひに雨走れるや風冷えてあえかに秋海棠の花は揺れたり

蚊に生れて生命得しからなほあはれ我が老の手の一撃に遭《あ》ふ

啼かざりし猫が小声に啼きはじむ小娘ならぬ米寿のおばば

それなりの待遇が欲しいと鳴くカラス黒装束を表着として

友あり遠方より来り——心底《こころど》に近き肉親ありて煩はし

一向に老丁の気分に傾かず時にバランス崩して転《こ》ける

ＪＲの商才　人間の移動期の特別料金は誰の入れ知恵

高架駅二条の野鳩の脚紅し夕陽に鶴とはなれぬ影曳き

本当の病人は「扶《たす》けてあげない」が保険の仕組み怖いぞ長寿

秋晴れて

ひとしぐれ二時《ふた》雨して雷のおまけまで付け秋構へせる

まがひもの多きこの世に野分には早しと思ふ風はまことか

台風の置き土産なる落ち葉奴《め》らそのために掃き掃き足るは無し

ごつごつの榠樝《くわりん》気高し台風の一過の枝に実ばかり曝《さら》し

秋晴れてひと際空を広くせり飛ぶ鳥もなく飛行機渡る

翼をば広ぐる如き稜線は朱鷺色なりしが山に没《お》ちたり

父方の最後の従姉は共白髪来年米寿の夫を亡くせり

蓬髪を逆立てにする風ありて我の瞋恚《いかり》はよく蹴躓づく

一時間早起きをして一時間遅く眠れり　やい気随者

ああ巴里はまことに遠し幾度も問ひし番号電話は不通

「秋霜」は烈しさの謂　唐臼を踏む音のして秋雷罷る

夕しぐれ

鉾杉のつくる濃きかげおのづから身に纏ひつつ日暮るるる迅し

保津峡をのぼつて幾つトンネルを抜けて亀岡盆地の平ら

早苗田に似てひこ生えは乱れなく緑延ぶれど田に水は無し

裏愛宕よく晴れる日は北風の卓越やみて秋静かなり

カマキリの鎌も錆びいろ小春日の小春を拾ふ箒の先に

「綸言は汗の如し」といふ喩《たと》へ何度ぬぐつてもいい宰相は

企業献金やめて〈故人献金〉よ「地獄の沙汰」もあるぞとばかり

「平成維新」といふ民主党、明治はた昭和は血糊の匂ひはするが

北風の風やや出でて身構へばつまづく如く来し夕しぐれ

山の彼方

山陰線は弧を描きつつ本線と岐《わか》れてゆけり吾《あ》は然らずや

ああさうだ、山の彼方を目指すならば先づ目先の小川越ゆべし

日ぐれまで胡座《あぐらゐ》てをり透視力・暗視力なく夜は何せん

「今切れ」とふ即物的なる浜名湖の口は初冬の遠州灘風

遠つ淡海即ち遠江又遠洲、近江は血生嗅き歴史の淡海

莫迦な子ほど可愛ゆしと親は言ふ条《くだり》、大抵は金銭世俗の類

子のために九億の金を用立てし偉大なる母よ我は妬まず

幹事長が鏡をみれば小沢にて鳩山が覗けば小沢が写る

冬至夜の凍て鎌ン月あぐるべき首級を首相と読み間違ふな

内外清浄

元旦は声あげて『古事記』を読みし人、財は無けれど心ゆたなり

君の飼ふ蜜蜂は冬を如何にある昼食のトーストに蜜塗りながら

もう長く牛乳飲まず曇もたず人は果たせぬ約束もして

寒の土を力込めつつ打つ鍬の音の寂しさ猫葬ると

漱石が猫の死亡を伝へたる心底《こころど》若き日は軽んじし

葬りより戻れば寒く門口に盛塩と水ありてひそけし

散骨をしたいだなんて汚らはしゴミだと言ひし人あり　さうだ

錆色に枯れて散らばる杉の葉に消残る雪のみな塩めける

雪清浄、内外《うちと》清浄。幾十たび辱を雪《そそ》がむと膝を折りしか

一匙の身

新年も立春も買ふ京菓子の鶴屋に亀屋、加へて虎屋

花びら餅を鶴屋に買うて戻るさのその下心ひとり笑ひす

七草や小豆粥食べ息災を祈る一匙《ひとかひ》身に沿はねども

六根は完備なれども清浄のならぬ身上ただぶつぶつと

その時の妻の機嫌か懐か冬の苺の大小と色

パソコンに韋《ゐ》駄《だ》天《てん》よりもマウスにて迷子捜しをする方が好き

ああこれで今年の雪のお終ひと見てゐて来年の雪思はるる

蠟梅は侃々《かんかん》と照り嚶々《あうあう》として雲に応へし黄の色納む

二日ほど本殿に出ねば瑞垣をめぐらす梅が濡れて咲きをり

寒い三月

甃に鮮しく濡るる椿あり、真央には無いなヨナの花びら

昨日三つ今日五つ掃く落ち椿、春とは言へど北風三日

この寒さ春なりしかど三月の野つ原なかの地鎮祭はも

この冬の最後かと思ふ雪・みぞれ弥生三月頬のつべたさ、

雑草とふ草の名無しと覚ゆれど知らねばゴメン雑草を抜く

わが愚痴を聞かされ抜かるる雑草の日々はびこれば愚痴も長いぞ

春なれば墨は匂はむ始めたる君の書道塾は二階の間とぞ

一日を了ゆと閉ざせる目蓋の蓋の隙きより入りくる明日

黄砂ふる弥生三月桜には早くて四方の山眠たかる

さあ明日は日曜といひ日曜の未明に寝て日曜に醒む

うしとら

あたたかく咲いて冷えびえ花保つ今年の桜は今年だけ咲く

時として見る方が裏、思はざる山の高みの桜喚びあふ

今しがた寒冷前線南下せり四月尽くるに吐く息白し

左官屋の軒先借りるつばくらの今年遅しと見上ぐれば来し

狭庭なる艮《うしとら》の隅に折り目よく白山吹はひとへに咲くも

通勤もしてゐし京都を辞めたれば一時間半がやたらに遠し

鴨川の川端通りゆくさくさ「精華柳」と「師範桜」と

「千里鶯…」若みどりなる里山べ田に水を張れ晴天三日

おう流石《さすが》「五月晴れ」ぞと仰がしめ今日五日目は高曇りして

「春眠暁…」のその時期すぎて二階なる臥所の窻《まど》に若葉の眩し

ぼたもち

この嚏、人の謗りにあらずしてどうやら杉花粉に同調せるか
のつたりと身をくねらせて街川の緋鯉真鯉の日の暮れ流し
昨日誕生日でありし人はもその後を知らぬ六十五歳　今日から皐月
やい猫のヤマトよ梅・桃・桜咲く下土に朽つる軀幸せとせよ
庭隅の猫のお墓の昼餉どき春なれば牡丹餅宜しからうぜ

一本の梨の花散り梅雨までは雑草苑となるよ梔子

二・三年に一冊の人、逝きてただ一冊の歌集得し人

（櫻井颯氏）

心ひそかに待てば大冊遺歌集となりて届きぬ　白の装幀

今更に妻をし恋へる冬樹氏の歌集後記は寝ても覚めても

春の黄金週間《ゴールデンウィーク》来て徒生えの夏蜜柑の黄金の実は狩られたり

気になる木

「煙の木」はもこもこ烟り仰がしむ梅雨のよく降る前の昼の庭

煙の木といふよりもスモークツリーとの呼び名の方がよく烟るらし

わが「白松《はくしょう》」白くなるまでに五十年。さすれば百と二十五歳の僕

白松が白く化《な》るまでに六十年要るとふ聞けば人生短か

晩年の昭和天皇が級友に問ひ給ひし「白松」白からずとふ

梅雨入りとなれば烟らむ身の丈は「煙の木」ほど茫々とすな

「煙の木」「なんぢやもんぢや」に「白松」を観に来給へな見物無料

雨々寒々

五十代は一昨日《をとつひ》に過ぎ六十代昨日《きのふ》に過ぎて明日は八十代

警告か或いは揶揄か昨日今日幾たびも聞くテッペンカケタカ

折からの卯の花腐たしに収集の臭い生ゴミ両手に運ぶ

菜種梅雨・卯の花腐たし・走り梅雨、列島の雨、核の傘はも

人間の勝手都合の牛殺し豚殺しなり政治も「都合」

「孟宗はもう出た」と言ひまだと言ふ今年の藪の奥の奥なる

白足袋を脱げば世俗に戻る足匹夫といへど四股を踏みたし

「今夜二時」と言ふべきや否や所在なく足の爪切り寝るとしようか

冬ならばさぞ暖からむ十三度、天ゆ下りて心胆燃えず

空吹かし

七十歳《ななじふ》の父がしやがみて境内の草毟《むし》る幻《み》え　我は七十五

（Ⅰ・手と箒）

雑草を毟る行ひどことなくあざとく見えむ物哀しもよ

弁慶のごとぶん回す長箒に落ち葉は大地の鱗のごとし

竹箒揮ふに重き春の落ち葉その大変は手知る腕知る

意思をもて落ちつくさんと思はるる春の落ち葉は森の生き継ぎ

春の落ち葉はみどりのままに散るゆゑに秋とは違ひ日々暑くなる

われが得し日和と言つぱ誤魔化しの効かぬ雑草引き抜く苦役

春の夜のわが手枕に聞くものは吠えて近所も護るわが犬

（II・身の丈）

春なれやお婆《ばば》の猫の家出して五日目ネズミとなりて戻り来

つくづくに頭重しと散髪に出向く心底《こころど》春闌くるかな

百台の自動車が空吹《からぶ》かしせるやうな耳の駐車場いつでも満車

乾杯の音頭は彼奴《あいつ》が指名さるざまあみろ我は未だ現役さ

四十肩五十肩知らず七十も半ばに痛み首は大事無い

餃子臭《しゅう》・焼き肉臭はた〈カレー臭〉ある日コロンを妻に掛けらる

三遷をせし孟母はも　亡母はも宰相の母に財及《し》かざりし

（Ⅲ・撹拌）

何してもつまるところは「金」絡み「地獄の沙汰も」と言ふではないか

「鎧袖一触」と「袖触れあふ」とは似て非なり政権党のマニフェストやら

「なく」とふは三水偏か口鳥か「心の妻」では無いが小・鳰よ

火星より見遣れば遣りし宰相は米大統領に英語で何んと

瞑想をしろと言ひしが迷走をしてゐるやうな梅雨入りの雲

白桔梗

青闇に浮沈の螢　魂の呼吸に因《よ》ると発見したり

春夏のけぢめ有耶無耶に降りたりし杜の落ち葉は近頃干反る

心頭は滅却できず熱々く焚き火よく燃ゆ「梅雨明け十日」

歌評語にありしドライとウエットがエアコン点滅の或る時にふと

われを囲ふ音ならず我の発すなる音を聞く音を発する耳が

真夜中の真闇に白百合咲きゐたれ驚く私を愕くごとく

わが家のアプローチには白桔梗咲かせてつひに謀叛《ぼうはん》はせず

街川の夏の濁りに背を黒く浮き上がる鯉　龍門の無し

曳く犬は夏の浅瀬を悦べど深きに浮ける鴨をば追はず

八月一日

梅雨明け後十日の雨が庭只池《にはたづみ》いくつ作りて日暮れ早めぬ

陶を焼く熱にはあらで暑あつき陶都多治見に知人の多し

背の曲がるままに貼り付く汗のシャツ何事ならむ仕事の証

掃く掻くの違ひが貴女に分かりますか今はすつかり吸ふ世になりて

音ばかり伝へて揚がる遠花火、夏一宵の冷酒に酔へば

かなかなの骸《むくろ》ひとつを拾ひ上ぐ八月一日　命の大事

敷石の硬きにひぐらし死にゐたれ蟬に自殺といふ行為なく

死に難き世になりて望む自然死を遂げて米寿の男の立派

右肩のギリギリ痛いは七十肩われに八十肩の日々有りや無し

この世の橋

雑草といふ概念はよく伸びるゆゑの雑草に今日も負けさう

えいままよと一日サボれば三日分も草は伸びをり猛き生き物

一本の燐寸のつけ火蚊遣りにもならで落ち葉を今日も焚かしめ

拝殿の高床に二匹の蜩は果てをり地べたよりも涼し気

かなかなの涼しさ褒めて亡骸は落ち葉集めて火に葬りたり

お盆ゆゑ霊は戻るに裕子さんは西方十万億土へ発たる　（河野さん）

幾つかの橋を過ぎればこの世には無い橋ありて引き返したり

処暑の日に今年は遅きミンミンは三声知らせていきなり消えた

夏山を徒《かち》わたるなるわが犬の全き黒は「くの一」めける

目　印

ネコじやらしわづかに揺らぎ野ぼろ菊は日照の土手の径を狭くす

野分立ちて雷すらも加勢せし一夜はただに一代のごとし

早々と木守となれる一つ柿赤く熟るるは鵯の目じるし

赤水引・白水引は玄関へ導くなれど熨斗紙無用

東西を結びて白き航跡が快晴の空に赤襷せる

秋霞の街を覆ふは黄砂ならむ西高東低は政・経ぐるみ

天上も天下も知らぬゆゑよしは己知らざるマニフェストやら

夏痩せもせずに少しく秋痩せてエンドロールてふ言葉引き寄す

寿の人

上寿にて去年の秋に身罷りし山姥のごとき刀自を畏む

中寿までまだあと五年、運転の高齢者講習の通知書届く

上・中のあれば当然下寿ちうもあらんが我には遥か過ぎゆき

岸上大作の死んで今年は五十年即ち我の生きてる時間

岸上の知らざる五十年をかつがつに生きて生き飽むついぞ無かりし

庭隅に秋海棠の花咲けば幾十年来秋痩せにけり

七十肩にて手の廻らざり高手小手に縛らるる罪犯すでないぞ

野分とはまだ言ひがたき風と雨気象図に丹後一円濡るる

老樹とて華をかかげし歳月を告げて霜夜の何んてことなし

明け暮れて

明け暮れて開閉するは時計無き時代のごとし玄関のドア

立冬はほの明るくて社務所には施錠をせずに袴を畳む

直ぐ暮るる辺りに怖ぢる黒犬とゆく暗道は結構たのし

何となく思ひつきたる思ひつきその場逃れに待つ蟻地獄

行きたらば帰る人無くあくまでもこの世のことは死んだらお終ひ

この世には無いのがあの世、生身にて戻りしは無く訊ねやうなし

青森はリンゴジュースが多かりき昼のトースト焼きつつ思ふ

いかつちの発動それは神にしてカミナリの我は人望薄し

岸上の没後五十年展、百年展は知らぬよ姫路　われ老路《おいぢ》にて

老けられぬ

大正は若くつて明治はそこそこと思うて来しが昭和も古い

大風邪を引けども治るを当然として起きゐたり五十年前

「うらにし」と言つぱ寒ざむ身を削ぐぞ七十半ばまだ老《ふ》けられぬ

岸上に五十回忌来ぬ、百回忌あれかし来年でも鬼は笑ふが

岸上に卒論「沼空」を書かせたかつた慷慨《うれた》みて或いは生き続けしか

時は今、無韻の轟音けたてつつ岸上を大過去へ拉致《さら》つてゆくぞ

播但線は福崎過ぎて夜の闇に己灯して二輛の下る

自動車の高齢者講習の試験《テスト》にて今日の年月日時刻問ふあり

義歯はづし補聴器はづしまだ後に何を外さば老極まるや

金　将

漏れ日すらあたたかく差す参道に人は屈みて団栗拾ふ

音もなく過ぎし形見に甃《いしだたみ》はつか艶めき朝の小時雨

明日は降る明日は降るぞと脅される丹後は雪よりも時雨が宜し

しぐれてるうちはいいのさ乾くから記憶といふは乾く間の無し

霜に似る初雪なりし、いづれにても辛苦ともなふイメージの白

室温の五度をし切れば夜の深しい寝れば夢は凍結されん

湯上りの身はなほ薫れ冬至湯の黄金の柚子の金将として

十二月も終はるといふにまだ紅葉木離れをせぬ境内を掃く

蠟梅は梢にはかに枯れそめて蕾あらはに冬備へせる

息白

花びら餅たべてほのかな紅に命染めをり「新正」の昼

放置すれば溶けゆくものを奄々《えんえん》と雪を掻くなり腕に縒りを掛け

雪国を思へば何のこれしきの二尺の雪に腰折るわれは

蠟梅が花を掲げば真つ先に雪の祝ひの黄の滲みたり

凍てる夜の森の深処ゆ木々の間を届ける梟の声は風邪気味

岳父・丈母、垂乳根三人の喪の二月はつか雪降るさまに過ぎたり

湾づくる北の連山は幾たびも雪に閉ざして緘黙にあり

息白に吐く節分の暗道の辻のあたりは空気乱るる

酷夏ありき対称としての酷寒の結語は人間の仕業に因《よ》らう

校了未だ

降るはずの雪は降らずに一尾《いっぴき》の白の野良猫棟越えて消ゆ

立春を過ぎて初めて降る雨の北寄りなるは雪の雫か

気が付けば二十八日　ああ後がない二月なり校了はまだ

五、六度も積もらぬ雪に遭ふからに蠟梅とても醜《しこ》めきて咲く

蠟梅の花とろけつつ日に照ると仰ぐ三月ころの親しさ

一勺の冷酒ふふめばこと足りる冬限定の寝酒いつまで

他人《ひと》様はどうだつてよいが私には必要な佐谷内科あとかたも無し

幾日も彼岸すぎてもまだ寒く寒いといへば春は急ぐか

五位鷺と白鷺・鷗は夕気立つ浅瀬に群れて生け贄を選る

綾部市は字七百石の道子さん夫・姑・娘に次ぎ九十に卒す

駆け出す

冬の日の暖よりも夏の火の炎を好みし日あり　今歳長けて

久々にひとつ仕事のケリつきて本を読まんに睡神《すいじん》の憑く

夜の間に過ぎて消残《けのこ》る春の雪、駿馬ではなき奔馬が宜《よろ》し
被災地も非被災地も春の月　列島はいまだ桜の咲かず
あだあだと駆け出す春へ「しら魚」と「しろ魚」の差異は鷗にたのめ
益体《やくたい》もなく誹られて老い切れぬ益体もなし　生の下降は
旗を振ると云つても赤旗ぢやありませんでは白旗か、否負けはせぬ

春の八衢

四月十一日。桜はゆけりこのままに春の行き着く東北《みちのく》さぶし

山の駅はむろん無人に桜かな咲きて散るなりなほ穏しくて

死の床の人思ひつつ引き留むる磁力如何が問はるる卯月

犬曳きて颯爽とゆくわが筈のスニーカー重き春の八衢《やちまた》

無遠慮にしやがむ行為の後始末膝つきて人情家犬のご主人

花粉症ぢやない筈なのに鼻スプレー使つては寝ぬ花粉症でなく

焼き米に似る杉の実の厚らかに散りて瑞穂の秋思ほゆれ

わたくしに見すべきもののそれは何、箴言は要らない戯言《たはごと》は欲し

ひとたびは覚えしはずが花の名をその都度訊ぬ紅《べに》満作も

新しきものは鮮らしふるければ歳月の数を皺が隠せり

愛宕さん

花粉症は突如目鼻へくるといふが我は知らざりまだ罹らねば

隣なる寺山内の老い桜南風にふぶけば千万散華

浙江省へ戻りし留学生王雪梅に音信絶えて春二巡せり

加油は頑張れとふが関節は悲鳴をあげて注油を待てり

納豆にクロレラ食品・青汁ら嫌ひなる物を摂るなと医者は

をどり食ひなす人間奴は鷺・鷗。厭へど川は鯋《いさざ》の漁場

奥の歯を患ひければ噛み棄てむ無念ばかりが増長をせり

罪穢れ背に負ふ意識は時により時ならぬ熱を我からの身に

愛宕山と云へばその場に居る人の数だけの山　愛宕さんとは

「神垂以祈禱為先」と祈ぎて小さき身のほどを知る

紫の薔薇

鈍臭き男の俄おさんどん玉葱刻みはや涙目に

つゆの雨しとどの森の奥処より「ノリツケホーセ」とはこの梟奴《め》

早ばやと梅雨寒むとなり駆け抜けぬ黒水無月の白き雨脚

貝の背を摺り合はす音に似る声の雨蛙ゐて八つ手葉揺るる

六月に啼くは早きかニィニィの未だしの木の高く茂れる

花ひとつ一つ確かに十薬の白き十字は梅雨の露けさ

気づかざる程度の打撲の二の腕に生じし花は紫の薔薇

南風ややに強きに火を放つ梅雨の焚き火のことさら暑し

執念きはすべて根にあり莪草も白根しらじら梅雨の地を出づ

山鳩の声

膽吹山のささ濁りして切り立てば湧く梅雨雲は濃尾へ流る

ねぢ花は二つ並んで捩れをり雑草狩りに遭はざると見ゆ

木の奥の山鳩のこゑそこ通せそこ通せとは一体誰を

蟬穴を一つみつけて納得の夏とはいへど声はいづくぞ

水流れの川の瀬すずし恐れざる鴨を追はざる猟犬種モユラ

フラットコーテットは男礼服《フロックコート》に音の似て夏の暑さに四つん這ひせる

土用なる暑さ未だし夏落ち葉焚き余しての夕暮れおそし

涼しからう筈なき猛夏の焚火にて火を放つとき両膝をつく

引退をさせらるるよりもする方が無責任なりと思ふ例あり

午前二時軒先三寸下らずにわが鼻メガネずずとずりたり

かがなべて

燕子花は若武者面の貌佳《かほよ》ぐさ家の女ら出払ひしのち

「かがなべて夜には九夜　日には十日」の留守居の翁は鍋を焦がしぬ

雑草は三日抜かずば五日分伸びるぞ羨しからぅ老丁

雑草に長短あれば畏みて抓むと抜くと分けて除くも

いとけなき榠櫨といへど突兀《とつごつ》の面構へにて青き実落下

われよりも背高く群るる花菖蒲六曲屏風は座敷を池に

天敵はをらず仇敵七人まで算へあげしが目覚めて胡乱《うろん》

雑音の巨細も拾ふ補聴器の不便さ人を誉める言辞も

牛・豚が喰へなくなるは年取りて想像力が力を得しか

黒梅雨も青水無月も出し入れの自在の御手は渦巻き紋か

晩夏光

気のつけば脈がとびゐる夜半ありぬ眠気が勝つか不幸が勝つか

昇天の基地は酒場の止まり木と謂ひし先生阿佐ヶ谷辺り

落ち蟬はみな天仰ぎ果てゐたり横死にあらず命またけく

落ち蟬は昨日二つに今日三つ数ませばくる秋雨前線

午後二時の日盛りに蜩鳴きいでて杜は天ネガのごとかる

近頃のカラス性悪《しやうわる》いく羽かが鳴き立て追ひ立て蟬を餌食に

伐り出しの竹に作れる花筒の十幾本もが花を挿せとて

八月も終はるといふにまだ啼かぬミンミン禅師読経はいつか

くいくいと聞こゆる晩夏の法師蟬今朝産まれしがもうさう鳴くか

茗荷の子

「一日に一善」なんて面妖な勧善ありて十悪煩悩

人工の耳に韻《ひび》ける蜩の「科学のこゑ」はノイズ伴ふ

乗るだけで手入れ怠る自転車の前後の車輪に緑青の生ず

猪の掘り荒らしたる竹藪の穴に竹取の翁墜ちたり

この味が解らぬ人は可哀相と言はせる茗荷の子の薄ら紅

責任を棚上げにせむ流行語「想定外」を想定させて

つくつくに惜しとは何ぞ庭木にて鳴く声きけば四、五人がほど

二十世紀は駆け出し遅し豊水や幸水並ぶ梨事情かな

遠雷は聞こえませんかと妻はいふ誰かさんの小言は百雷のごと

秋来ぬと秋海棠は庭陰に骨折れやすく節高に咲く

神無月

身の芯のわが一本の脳髄の溶けてゆくかや　ばたつく野鴨

行き先が違ふのだから取敢ずこの世のうちにさよならだけを

エリ・エリ・レマ・サバクタニそを叫びしと聞けりキリスト

帰りたき家のあらずて彷徨ひし霊多からむ大震災後

台風を待つにしづけき雨ありて昂然と立つ人のありたり

自らを命の燠《おき》と埋めたれば物の置き灰くすぶるごとし

をかしくてやがて哀しき呆化具合、三年経たばわれも八十歳《はちじふ》

長生きは人間本来の卑しさを原動力に白寿を越さむ

晩年とならむに新たに人憎む数を加へてわが神無月

駄　賃

天災に地災・水災、この秋は人災も何も加へず過ぎよ

「紅旗征戎は我が事にあらず」と言ひ放ち官位に執着したりし定家

文芸は妬みもするが文明はよく敵対し殺戮をせる

和田周三・富小路禎子に河野裕子「賀茂曲水」に阿部信も亡し

婉然と笑ひはせぬが河野裕子「曲水」の小袿フィルムにあり

名のいはれ知らざる柿の善左衛門老いを加へて渋味の多し

善左衛門といふ一本の老柿に成る青き実は秀頼なるや

遠目にははや葉桜のもみぢすと見えしは何ぞ山の異変と

竹箒揮ひし駄賃に椎の実の三つころがり昨日は一つ

一束の秋

常緑樹の終らぬうちに落葉樹だしぬけに散り秋を促す

萩の葉の散りの乱れをわが車体《ボディ》に貼りて走るを人は笑ふな

参道はみな石畳あならうらはひたひた付きて心清しも

白足袋を脱ぐに初冬の近づくと思へるほどの足裏の火照り

祈《ね》ぎ禱《ね》ぎてまだ祈ぎ足らぬ禱ぎごとの神々よああまだ何を欲る

コスモスを五万本も咲かす海沿ひは水難慰霊の数にあらずや

幾しぐれ町を濡らして過ぐるゆゑ丹後は忍ぶ傘を欲るなる

わが嘆きに聞き耳立つる黒猫の黒子《くろこ》はとても行儀のよくて

遠きより一人輪投げをするやうに今日「父の日」の手紙届けり

霜月も下浣といふに秋海棠霜に触れざるこの日陰花

目玉焼

秋山の冬へと続く稜線は夕焼けてをり「秋山」は亡し

厨ごと愉しむづかし二つ目はフライパンにて濁り目となる

叡山をめざせるバスの七曲り冥加は琵琶湖の照り返しほど

三上山ははるけく小さし近江野を箱庭になし更にも人ら

おほけなき民となりにし日本人に暴走止める救ひはあらず

初雪は積らで二度目の降る道の師走夜寒むのわが行くさ来さ

九日は初雪、十日は皆既月蝕こころして視し異変なき空

刈り刈りて何刈り果つる枉津年《まがつ》、年の果つるにまだ鎌ン月

東日本に大災害あり匹敵す「飛聲」一年に六人鬼籍

図　星

歳晩に継ぐ歳旦の凍て星を顔あげて視るかがやけ図星

不思議やな、鏡に生えし元朝の眉の白毛をすはこそと抜く

七草粥たべて八種《やくさ》の物実《ものざね》を贖物にせむわが懐手

人生は校正し難く思ひつつ元日の昼を赤ペン揮ふ

犬を曳く寒の夕べをきらめくは冬枯れながら堰越ゆる水

飽まざれど歌会の窓に見ゆるもの小石川後楽園の木の芽の滴

大寒に入らむ汀に枯れ芦の群れて孤愁を鳴らすこと無し

本降りに雨変りつつ大寒に入れる成増、道変り無し

成増の北口商店街は坂の道、三丁目五十番地は金井印刷

東京の一糎の雪を笑ひしがその日の舞鶴は雪皆無とぞ

千　歩

このところ歌人が夫人を亡くす歌の幾例。吾はお先にの口

駅までの距離はたまたま千歩にて下僕《しもべ》の犬は測ること無し

したたかに歌のいぢめに遭ひしかば己を生くと千切れ飛ぶ木葉

豪雪とはそも何糎以上を指す首都の二・二六を追記す

志は士の心とふ、生れしのちこの世の吾の咽喉の枯れず

雪止めに痩せつつ高き屋根の雪やよひ三月、月立ちながら

湾の北たちまち暗み雪霰、除雪の肩を敲くがに降る

杖代

掃き潰すまでの箒の杖代《つゑしろ》や冬来れば春を待てる心に

北風の花咲《はなさか》小僧は夜の間に小枝びつしり稲穂細工す

三尺の俄雪国舞鶴に立ち往生の長距離トラック

夜をこめて降りつがむ雪は重さもて人の心の撓むを知らん

「暖冬」があれば当然「寒冬」のあらむ今年は「大雪」冠《かむ》る

一挺のスコップいざと揮ふなる丹後大雪丹後大切

じんじんと夏は炎え、しんしんと雪は降り、ただ沈々《ちんちん》とあれかし私

小米桜

春雨と呼ぶには早き小時雨の寒く降りつつ氷を解くか

お別れに顔を見るとふお別れを案内《アナウンス》されしが席を立たざり

いつの日にかかうなることは承知でもさうと知るまで長命たらむ

この風が吹かねば春が来ぬやうな疾風《はやて》の後詰めに低気圧あり

一時半に朝刊が来てついで我がペン先に睡魔が土足にて上がる

鷗ら奴《め》姿掻き消ゆ川中の魦《いさざ》仕掛けの取り払はれて

紀の国を発ちて賜びたる三宝柑淡き黄いろは木の国育ち

川端の米屋の裏の小米桜白しと炊くを縁とするか

喜寿にして初孫を得む曾祖父ぢやないヒヒヂイぢやない

持　笏

マーキングせんとしやがめる黒媛の春先々のみどりの草生

「帰るぞ」の声待ちゐしか青鷺の夕べ漁《すなど》る川辺のわが犬

飼ひ犬を〈愛犬〉と呼ぶ愛犬家、ネコ派はどうか、将又《はたまた》人は

杉の葉が枯れて散らばる参道に誰も人居ず久々乃遅睡る

下顎のすでに欠けたり江戸期よりとつくに百年経たる狛犬

手水舎のさざ波はけふひと日南風《はえ》に遇へれば手に甘きかな

毎日が日曜でなきわが暮らし日に幾たびも曜日確かむ

裏山の公園荒れて咲くサクラ裾廻《すそわ》は花街《くわがい》でありし朝代

春雨紀行

隅田川・荒川越えて西新井、西武とはちがふ東武の匂ひ

飛鳥山はすでに葉桜江戸ッ子は染井吉野を知らず過ぎにき

東京のガーデンパレスは春の雨「うな重」よして和彩食摂る

雑司ヶ谷鬼子母神境内人なくて四月下浣の昼をふる雨

びりびりと降る春雨にわれがゆく雑司ヶ谷墓地に墓碑みな濡れて

折からの雑司ヶ谷墓地に雨にあふ若葉映えせる漱石の墓

三川丁河内屋と彫る台石の福田の墓の栄一・たの子

みなが皆長靴履かぬ故由を知らねど護謨《ゴム》の匂ひ忘るな

東京に来て仰ぐなるスカイツリー、ドラゴンボールの猫仙人はどこ

男の仕事

暦には拠らで梅雨前線の丹後半島沖なればTシャツに替ふ

伊吹嶺を巻きのぼりゆく夕霧のその白さこそ梅雨の雑兵

スカイライナーは雨の濃尾を疾駆して涯目ざすごと次高蔵寺駅

五衛門ぢやないが百日目の散髪や七・三に分け何と見得きる

久々に障子張り替ふ古来こは男の仕事といふに圧されて

スカイツリーならぬ煙の木《スモークツリー》にて老いて呆化るごとく茫たり

崖ならぬ平らに一茎細く咲く白螢袋は獣医師の庭

注射にて眠りに就けば覚める無しケムリの娘の生老オボロ

咳き込みて思ひ出一つ吐きだせば老残をこそ羨しむばかり

心意気

椨《たも》の実は黒濃く熟れて染物屋ならぬ指先職人めくも

掌のほどなる街に虹二つ架かれり白昼の夢轟と立つ

減反の田岸にミミズやカヘルさん皆んなゴメンと云つたか否か

牡丹餅が御萩にかはり頬張れば昔の妣《はは》の糗粉《はったいこ》また

汐曇るやうなる空こそ夏らしく今年の天は底抜けの青

継ぎ次いで咲いて小振りとなる百合の白さ汚さぬ心意気なほ

乏しらに咲く秋海棠のいと嬉し紹なる身八つに手を延したし

常用活字に加はる栄誉の淫や艶、 ワイセツビデオは良く稼ぐ由

散骨に私《わたし》や反対。 手《て》ん手《で》んに百鬼夜行をなすのが怖い

台所《だいどこ》の夜を出没の御器かぶり叩かれて這ひ憎まれて飛ぶ

八重葎

文月にて早も狭庭は八重葎刈つて倒して穴一つ掘る

合歓の花は高きに咲きてその下の腋《わき》の甘さは世慣れせぬゆゑ

死ねばジ・エンドといふを悟れかしそれ安心立命と宣長説きし

完結をしたかしないか兎も角もそこで打ち切り百も五十歳《ごじふ》も

ある筈の名前剝がれて無名ぢやない不明戦士にも暑い八月

人はみな死ねば仏になるといふに「A級」ばかりは永遠の亡者か

熱帯夜が常態となるこの夏の汗の鹹《から》さは健常の尺

徒生えの山椒枯れぬ、緑内障の自覚なきまま庭に目を遣る

掃き寄せて掃き貯めて火を放つなる夏の落ち葉は脂《あぶら》の多し

年寄れば憎しみのなほも膨らみて蝶纏れあふごとく嬉しも

肩甲骨

潮烟る沖は奥つ島。若狭湾に一つにきびの如く小さし
由良川の河口の砂嘴はのびのびて朱鷺か鸛のさまに曲れる
ローカル線の土手なる葛は鈍行に煽られて葉を拡げて暮らす
秋いまだ我が目や耳に届かねば迎へかゆかん日傘をさして
黒光る今年少なきゴキブリを少なきがゆゑ必らず仕留む

カートリッジは本来弾薬を筒込めになすを指すらし「命には無い」

肩甲骨の損傷多し健康にすべき骨よと心得よ、おい

面の皮は厚くなりつつ加茂茄子は一夏《ひと》一世《ひとよ》のその心意気

同じことを異なる人が同じやうに詠んだ津波と震災惨歌

伝供の桃

われにいつ吉事《よごと》やあらむ入口の左右に赤水引、白水引咲く

片付けておかむ我楽多、身の整理手間取りや貴方《あんた》長生きなさむ

退屈を凌がんほどのゆとり無く起ち上がりざま蹴躓く老

突っ掛けに小砂利挟んで思はずもアチチと叫ぶ酷暑の素足

室温を二十八度に下げるため三十六度に敵愾心持つ

フラットコーテッドは夏も純毛、人間の熱中症をいくたび聞けど

脈絡もなく花咲きて次が咲き雑草百花園健在の夏

処暑なれど法師もミンミンも耳にせず耳癈《しひ》なんぞ忘れてゐしが

病原菌は認めず単なる腸風邪の検査表来ぬ、治りましたさ

三宝に盛りて伝供の桃の実のほのか匂ふは老いてなほ好き

「秋来ぬと目にはさやかに見えねども」朝櫛の噛む髪は増えつつ

月のリング

汗韲《あ》へて秋をつれ来し「白露」にて宛がはれたる名ばかり涼し

前立腺も大腸癌も大事無い。それはあくまで今日までのこと

亜欧大陸《ユーラシア》の飛沫《しぶき》の日本ゆゑ神々は島嶼の何処にも坐せ

苛立ちも腹立ちもみな立つものを断て散れとどめく声の組織は

花車曳く嬉しさへ横車押して賑はふ業界のあり

時間降水は約五十ミリを体験す五十メートル先が天涯地角

わが目にはリングを纏ふ月と見し。年をとつたか土星を観しか

台風が隠して去にし名月は十六夜の空に高く小さし

堪へ性ちか頃とみに衰へて午前二時には生きて目を瞑《と》づ

神饌

五ヶ月を理髪にゆかず霜月をゆきて剃刀の頬の冷たさ

秋たけて我の敵はぬ茗荷の子、土つけて掌に盛られ日暮るる

農村の秋の祭りの神饌はほぼスーパーのシールつけをり

神々よ日本人の滅ぶれば誰が一体祭りごとせむ

宮前橋を渡りて帰る鳥居前その前に京街道を一つ跨ぐも

背に負ふ寒さといふは椎骨の一つ一つがいぢけるを指す

添削はわが批評なり天変と地異はいかなる心に起こる

柿の木に実の朱照りに生る二つ、一つ鳥勧請一つは我に

乏しらに秋海棠は咲き滅び晩秋を日は賜はむとすも

喜の字

神無月廿九日、木枯らし壱号。七十七歳の誕生日の昨日

素つ首のうしろのあたり冷えまさり打ち首ぢやない晩秋到る

甘柿か渋柿か実を見りや判る七十有余年の無駄飯《めし》の功

裏年のはずが鈴成る柿のあり多分渋いぞこの臍曲がり

もう既に喜の字なりしが木登りの止められぬなり柿は成らぬが

禅寺の厨に阿多古《あたご》の護符祀る京ならではの火之要慎か

自分ぢやないと云ひつつ自分を露はにし忽ち没す赫き秋の陽

蹠の火照りに火照りアトムボーイの如き噴射のせんを宥めつ

長生きをすればその分増える恥重くはないが飛び散る埃

かの心既に死すれど野垂れ死《じ》をなすまで生きるが「いのち」の誉れ

老の舌

幾たびも通るしぐれに羽交締めされる楓の紅潮の色

すさまじき数の紅葉の散り落ち葉千万の手の叫ぶに等し

降らぬ間の用足し自転車菊鉢を観つつ時雨に呼びかけられし

補聴器を付けても聞こえぬ君のこゑ多分音量《ボリウム》のせゐでは無いな

鐘の鳴る寺よりも小さき墓石の嵯峨落柿舎の向井去来や

百五十枚の切手を甜めて集会を知らせむ封書、老の舌強し

久々に乗りし「ひかり」の名に負ひて東下は雪のはれて不尽あり

黙殺をされしか男の浮かぬ顔いいえ私でないと鏡は

早く寝ろ寝ないと夜が明けっちまふ確かに昨日は今日に継がれし

父上に消て来ましたといふ鏡、百舌鳴く朝の金壺眼《かなつぼまなこ》

言挙げ

卵かけ御飯よろしと宮英子夫人『青銀色』に心太ぶと

晩年といはむに初孫女の児〈宝〉なりせば真綿遣らむか

惟《かへり》みれば初孫得しはわが喜寿の贈物ならむ赤子百まで

塋域は雪のぬかるみ栄一へ色物添へず榊挿し立つ　（雑司ヶ谷）

ああ嬉し活版印刷の豊文社に「波濤」校正中の二女史に目見《ま》ゆ

小田急は百合ヶ丘駅前、包丁を研ぐ男軒下の夕寒ざらし

我が歌を初めて言挙げして呉れて以後誰も無し成瀬有よ

旅の僧待てど来らずわが瑞歯火に投ぐるべき機《とき》を失ふ

前線は己の性質《たち》に湾口の北を暗めて後詰は吹雪

膝の冷え

誉められて木に登る豚もあるなれど喜寿猪は見上ぐるばかり

なかなかに己上手に咲けよとて言ひてもやらむ師走の枇杷に

インフルエンザの二年続きの注射証出でて三年目の証明加ふ

「夏炉冬扇」は役立たずの謂寒いのに冷房のみ利くわがエアコンは

明朝は気温二度まで低下すとテレビ気象士はまだ薄着にて

「柳に雨」の情緒薄れて秋時雨しぐれて昂然の虹を立たすも

竹は今、夏かきりりと蒼幹を立てて今年の数に加はる

スヌードなる首巻き流行るがスは不要。元来犬用といふが浅まし

どうしてか今年は膝の冷えしるしさうか行火の老い猫抱かず

「もう」か「まだ」かはどうでも宜し午前二時その時々の本が決めん

春の予祝

富山なる瀧口家は和菓子の桂月堂、京橋に在りしは福田の夏月堂

夏月堂と何やら何やら月堂を三月、と呼びしと阿部静枝女史

『青銀色《あをみづがね》』の自在の手捌き口捌き吾羨しけど十年早き

まだ黒が頑張つてるのは囲碁ぢやない喜の字の髪の最新情報

幾たびも雪招けどもこの冬は積らず「雪掻きの長者」

夜しぐれは雪に変りて雪しぐれ素心蠟梅は鶫の無銭飲食

どんど火は燃えよ盛れよ炎熱に立たす一軀を春の予祝に

あれ欲しいこれ欲しと云ひ赤ン坊の欲あればこその長命なるや

呉れろとは云へずに欲しき誉め言葉善言撰司を恃む思ひに

検　査

男ゆゑ確かにさうだ看護師に「おきな」と言はれ朝の検温

一日の総カロリーは一六〇〇．息は出来るが何せよとふか

これからが一仕事とふに夜九時は消灯時間。眠れ患者ら

就眠の定刻過ぎて午前二時、この夜働き覆面をせず

注射から大手術までみな医師の腕に帰すれば腕選びたし

左手首を切つて冠状動脈の撮影はあり心中ぢやない

七年前の冠状動脈はモニターに小躍りせしが今また同じ

なればなり

春秋に衣冠を着《つ》ける祭あり齢《とし》傾けば黒に華やぐ

梅・桃・桜・沈丁・雪柳・辛夷など一斉に咲く春なればなり

国力に比例するがの寒気団今年ひっこく春を乱せり

春雷の名のやさしさに騙されな暴走をせぬ若さはあらず

里山のほのと霞むは黄砂でもＰＭ2.5でもなし木々なる芽吹き

「桜伐る阿呆に梅を切らぬ馬鹿」何でも彼でも我は引き抜く

右手なる中指鉄扉に噛みつかれ飛び上がるよりも蹲《しやが》み込みたり

大奉書・杉原・小奉書、七折りて半にて墨は磨りて香れる

漫《そぞ》ろ神の手引きか薄暑の釜座《かまんざ》の辺り二時間さすらひて果つ
知らない

自らを誉むるに非ず咲きて散る紅万作も藪万作も

少子化に歯止めかからず竹の子の今年生まれはまだ稚く

春夏のけぢめもあらず散り溜る杜の木の葉は足るを知らない

掃き潰す勢ひに掃く竹箒、仁者・隠者に及び難くて

わが犬は我にかしづき芸をせず太き尻尾は犬なればなり

そこに行く時気をつけろ偽物も本物のマスクして立ち混ざれるを

入梅雨後、二十日も降らず天晴れて我の五感は何処に枯れし

腸風邪か投与薬の十日分飲みきりてのちに回復したり

深　爪

廃屋の壁這ひ陞《のぼ》りかつ垂るるジャスミンは夏の首途《かどで》にあらん

真つ直ぐに今日の梅雨降り紫陽花の白玉の命を漱ぐがに降る

紫陽花は雨に引き立つ花なれど「陽」を用ゐるを悉皆知らず

まならに誰それを読み夜爪切る足扁平の五指の深爪

六月の十四日生まれ廿日卒の父は八十余年の命の長者

六月の廿日は父の帰幽の日。あなたは何んにも知らんで宜し

畑ではないに狭庭の梨一樹何の取り柄もなくて繁れる

もう少しあると思しに電柱に取り付け表示は海抜三米とぞ

三糎縮んで喜寿は一六三、使ひ減りとふ甲斐ありや無し

日々まみれ

人を待ち人を待たせて大方の生きの極みの崖道を行く

（I・たつとぶ）

獰猛に生きるならねど歯の具合喜の字の近ごろ抜いたり差したり

しやきしやきと生鮮野菜を噛む義歯が馴染みましたと言ふも生活

両目あけ物見るよりも片方をつむれば輪郭見えて――送金

つい傍に君がゐるのを気付かずに歌を褒めしが多難の初め

鮮やかに転向したる或る人を春の叙勲に知りて記憶す

柏餅・菖蒲に鍾馗、尚《たつと》ぶは文武のいづれ遠きは汨羅《べきら》

残生の糊代《のりしろ》の幅を知らぬゆゑ奔放・小心いづれとも無し

「八潮道《ぢ》の潮の八百会《やほあひ》に」会ふ初夏の老クラス会櫂おぼつかな

（Ⅱ・夫人同伴）

「塩こをろこをろ」と沼矛《ぬぼこ》、諾《だく》・冉《せん》の干満は泡を立てつつぞ揉む
小女子《こうなご》はいつ揚りしやうららに春の鳴門は騒立つものを
成る程な阿波一宮、亭々と老楠は照葉樹林を率ゐる
神主のくせして一生まる坊主、花葱ならぬ歌の畑に
廃家の壁にジャスミン二十年を相似て花は歳月を咲く
（Ⅲ・生き甲斐）
門札の左右に三匹の守宮をりただ灰色に今を静止す

午前二時はわれの安楽「我楽多」の机辺の影に濃淡ありて

足の爪、手の爪はまだ伸びつづけ夜爪を切るは夜盗の愉楽

近頃は夜ごと夜爪を切るからに不平不満のとび散る思ひ

なんぢやもんぢやの花ひたすらの白さなど咲けるを見れば生きる甲斐あり

崖地より降ろせる一本の螢袋、灯ともるまでを揺れをる白さ

鉾立ち

会釈する数の減りたるアーケード街真夏日なれどシャッター寂か

近頃は高校教師も「子供」とふ三ヶ年期限限定の「子供ら」

青の凄さは黒を雑へて天蓋の奥底しらず　ボイジャー揚る

死者よりも生者のためにか描かれし涅槃図掲げ人を依らしむ

矮性のコスモスは揺れ犬小舎のモュラは黒き長毛を掻く

この夏の京往反の四度五度、「源氏」を読まず「神名帳」訓む

八月六日は何ンにも無くて今日暑し永遠を限つて又も言ふべし

鉾立ちに数百本が直立の杉に隣りて竹藪緩む

やうやくに榊の花の落ちつくし限りある夜を外清浄せり

気象語

小草すら微動だにせぬ猛暑日をゲゲゲの鬼太郎お昼寝中か

窮屈に身を処しし日は『青銀色』を気儘に読んでわが読み飽かず

往反の京都たのしや一人用座席にふとし目を預けつつ

愛宕さんに雨雲かかり愛宕山と知れざる山は愛宕さんなり

このところ大・猛冠る気象語の当たり外れも予想ぢや赦せ

予報にて雷雨・竜巻・ゲリラ雨・土砂崩れ・洪水と言へば足りますか

つまみ喰ひ近頃せぬはキッチンに即席《インスタント》食品増えたるゆゑか

歯が欠けるよりも遅いが同級ら欠け始めたり　傘寿まだ先

秋山逝き成瀬が逝きて川・海があやしといふに野田原要心

北西ゆ時雨もどきが幾たびか通るにまかす秋海棠は

タモはタブ

お羽黒の羽ハタハタがいかにもよ前近代のやさしさに飛ぶ

身に覚えなけれどカラスの灸《やいと》受く捩花いつぽん拉ぎし罰か

「樹下山人忌」偲ぶに過ぎて梟に一回りする首あり　吉野

夏明けてニイニイが鳴くと得意気に家人に言へば「耳の夏です」

過ぐる夏にカラス蛸集し蝉獲りに飽かざりしかば蝉の声少なし

竹箒夏を揮はむ手始めは茶錆びに枯れしタモの干反り葉

遠く来て沼空五年祭を拝したるかの羽咋なる妣の没つ日

祈《ね》ぎ白《まう》す拝殿祝詞座　蜩は今年のころの天降《あも》るごとしも

アガパンサスは派手に四方へ打ちだして花咲くなれど己大事に

樽出しの茄子に紫紺の時至り誰にでも優しくしてやらむかな

鰯雲

鰯雲次いで鯖雲その次ぎは飛行船に似る鯨航く、秋

笑ふから人は嬉しくなるらしい泣くゆゑに人は人間になる

百歳以上が五万人超ゆとふ、新聞のお悔みの欄の喜寿など小僧つ子

採血の小腕のあとがやや腫れてタトーの牡丹の如く色づく

四時起きに高松までを遥か来て六十年の交の仕上げを

死といへる区切りがあつて永遠に目覚むる霊魂、退屈無きや

幻の世といふ匆れ八十歳近づく肩に唐傘を差す

顎張るは意思の強さと観相の五十年後の白髪茶筅

葦原

秋雨前線は日本海より緩やかに南下して街を水攻めにすも

今日は確か十月一日、今年はまだ冷めずに強か真夏日出張《でば》る

一年の月日が示す老いざまのそれ懐かしむ同期会なり

もう何がありとても不思議でない齢、また一人同期生死す

婚よりも葬の増えゆく成り行きをさうだとさうともお先にどうぞ

赤袍の遺影は妻の後追ひのごとかる早しけふ五十日祭

いつの日にか身を納めんと思ふれど身支度くらゐは許されるのか

八束鬚枯るるほどなる比喩一つ眼は落ちつづく枯れ芦原を

付け火して直ぐ燻るなる柿落ち葉、実は枝にありて野鳥養ふ

孫の手

自然崇拝を蔑せるが即ち文明と位置づけて知る負ける現代

アニミズムを今更遅く判り来ぬ戴くものはみな有り難し

人に消《に》せ神をつくりしものゆゑに神は時どきいたづらなさる

嗚呼　神は己が怒りに己が身も滅ぼさんほどの地震と津波

われと我が背を搔く竹の「孫の手」に上手下手あり今宵上出来

孫の手は一歳半にて愛嬌のあれども実利は手製の竹に

初孫は別して可愛ゆし「孫の手」のごとくにならぬ小癪さまでも

いつも何時も決まつて夜半にむず痒い背中、孫は熟睡をすれど

慢性的に肺に陣取るもやもやは存外生命の伴走ならむ

十一月十一日の両膝は夜更けて震ふ雪早まらむ

百物語

認知症ぢやないとは思ふが今年はも夏ばかりにて秋無かりしか

人生につまづく話に感嘆後、座布団の縁にわがけつまづく

人生はあと一歩にて及ばずと甦るるが即ち人間といふ

わが知れる「百物語」口惜しや深草少将あるいは弁慶

二期作にあらず蘖《ひこばえ》の株空穂《からほ》枯れん轟きを誰が聞き止むる

花の名を一つ知らずに十《と》敗《を》けて天井川の堤を離る

今日ひと日枝に無事なる木守柿見やりてやをら自転車に乗る

「地産地消」は奨励されて猪や鹿の佃煮売る「道の駅」

近頃は「目覚し」を先に寝かしつけ目覚める筈の明日を目論む

気侭な詞書　自作自演　道連れ

薄らかに京の愛宕は雪化粧、祇園甲部は始業式とふ

薄ら氷の道ゆく風はおのづから冷えてどんつきに悲鳴挙ぐるも

人力は人を尽くすといふからに遥かイースター島の巨人を思ふ

散骨は愚行の一つ、舟屋群の伊根に鯨の親子墓ある

尻重の鴨の飛ぶさへ夕闇に紛らはしつつ冬川寂か

内股《もも》の夜頃寒きは安愚楽居のダンディズム、育ちは良きに

ひと房のバナナを食べる健啖を冬の夜なべの上がりとはせり

このところ夜毎八首を得るなれど朝起きて十首を取り捨てむとす

あれ食べたいこれ食べたいの品目に「人」はあらぬか老の戯言

老醜と老惨の違ひは水洟と長広舌の類と診立てし

お・も・て・な・し、さう裏ばかり。それもさうお・し・り・あ・ひとは仲間の意識

木守柿にあらず榠樝の一つ実が枝に残りて年越えむとす

歳晩に津軽ゆ葡萄の届きたり志功に粒々膨らせてみたき

太宰とは随分遠き位置にゐし学生時代の玉川上水

昔風にいへば八十、弁当を忘れて傘も忘るる域や

「年末に卒去の二人」ゆ賀状受く、生きゐし証のハガキが二枚

今日二日、今日もう三日と日を読みて読み飽かぬほどに老の寧日

偽善者よりも偽悪者の方が性質《たち》悪しと偽善者に言はれ懐疑者となる

大都市の枯葉が金を装ひて散るときはみなカラカラと鳴る

青丹よし「なら」ばと誘ふ風ありて若草山は山焼きにける

気侭な詞書　自作自演　凡百の首

お歳暮といふには遅き雪が降る差し出す両手を掠める多し

蔕《へた》ばかり枝に残して実一つの柿の赤照り越年をせよ

新年は空侃々《かんかん》とありたきよ素心蠟梅韻《ひび》かんとなぁ

こんこんと小躍りをせる霰あり間違つても恨々と聞き取るなかれ

わが脚は駑馬《どば》によく似てそれゆゑに夜のくだちに爪切りてやる

五指の爪を嚙み切る歯が残りゐて年明けて数への傘の字となる

いくつもの擦過傷ありわれよりも若き歌人の死の数の増ゆ

雪に咲く花のごとしもこの冬の幾人の死を数へて見上ぐ

蠟梅の一寸の雪を蹴散らして鵯飛び立てり雪は花びら

久々に掛かれる冬の大虹に両足は見え頂はどこ

色黒のこれは大和《やまと》の吊るし柿歯に馴染みつつ春迎へせむ

デコポンと言へる呼び名の親しもよお腹か尻かそれとも胸乳

立春を待ちかねし如く雪降りてまだ新しきスコップやをら

厳冬の真夜の気づけの冷や冷やのボトルの伊衛門に茶柱は無し

珍しく零時に寝ればいつもなる就眠の二時に覚めて寝直す

凡百の中から珠玉を得たくとも皆凡々の首揃へをる

昼と夜が逆転したつて仕事量減るわけでなし笑ふパソコン

惺窩《せいくわ》にはとても及ばず睡気をば追ひたつと膝に錐立つるなぞ

冬の間も草引くなんざあ八十年生きし余慶のごとかる腰痛

北に海を防げる山の南斜面、太陽光発電機のごとかる光り

散髪

真夜中に雪降りますとふ予報士へ義理立つるごと朝に一刷毛《はけ》

癌の告知は容赦の無きや三弟の初診の肺は末期なりしと

父に似せ髭たくはへし弟よ肺ガンとふが十年早い

思ふさま生きしか三弟は七十二歳肺ガン発見二カ月もたず

先行の「青年歌人会議」の連中《メンバー》の女男ら老いしが元気は元気

「青年歌人会議」最年少の森山晴美豊かに老いて歌誌発行す

お前様がまだ駆け出しの頃の歌哀しくなりて口にころがす

怖気《おぢけ》づく何もあらぬにおぢけづく歌壇も次々鬼籍をふやす

桜咲く便りはまだか自転車に跨りて百日目を散髪にゆく

神は指紋を

さわがしく若葉のつくるほの暗さガラス窓こえ旅にあるこころ

いづくにて捨てられたるや波に揉まれビール瓶一本河口に下る

ゆふぐれを被る帽子があまた行く押さへむとして我は振り向く

山のこちら山のむかうといふ思想未だも持てり喜寿を越えしに

白といふ無、白といふ有、触れあひて白蓮の花昼をあかるむ

宙に咲く白蓮の花びらつかみとり神は指紋をつけてゐるにや

丸薬のさまなる菜の花蕾みな黄をのぞかせなにかをわらふ

得心

推挙せむ歌集にまどふ　今年わが何冊読んで感に堪へしか

大老も逝くには逝くが年少は熊手に攫はるるごとくに迅し

境内の梅賑はひの明月舎、煎茶二煎の後の甘菓子

嗚呼　人は人の嘆きに頒つべき物を選びて得心をせむ

七転び八起きとふが「八倒」の声もあるぞよ　益体も無し

わいわいと打ち重なれる声援に丁髷結へぬ遠藤が勝つ

珈琲派・紅茶派が中にアイスパフェ注文の一人は独歩系かや

月一の歌会後に毎度の一カフェは木椅子がゆゑに長居許さず

今日ひと日風哮《たけ》て時には雨猛てその雨風は南寄りなる

思惑任せ

この車は五年保障と聞くなれどそれまでこちらが持つ保証無し

「笑点」に笑つた後の夕間暮れ川面を覗く素に戻るべく

五衛門のごとき頭を小ざつぱり散髪すれば後が寒い

手と口を汚して美味の笹鰈　喰べてほとほと丹後人なり

何ぞこれ五月冷えかや夜更けての足の爪先手揉みして寝る

飛ぶは墜ち浮かぶは沈み地を往けば衝突のあり、地球自転す

一匹の蝿を狙へば照準のごとき黒点が右往左往す

誰彼が逝つて誰某が危ないと、その個所は言はず思惑任せ

不埒にも彼の日の彼を言ひ当ててしやあ無いなあと首をさし出す

竹藪に竹の子生えて直立す若さのみでは生きられぬ世ぞ

手短かに

勉さんの全き平和論は動物を人間扱ひになす温かさ

極楽はいづべに在るや手短かに別れ告げしが声届きしや

鎌田さんはた颯さんに淳二さんの津軽歌壇の栄えも偲ばる

みちのくの津軽大旅、海峡線も新幹線も無かりき再度

青闇は五月雨加へて梅雨の闇このまま地軸の痩せ衰ふか

寝る前に一首ひねれば益体も無くて夢なる歌会の一首

沼空の歌には届かぬもどかしさ椨《たも》のさやぎは神言のごと

文字通りすぎて思へば我楽多《ガラクタ》は生きのしるしの原動力たりし

アプローチ

京の街はやも暮れしが十分後の亀岡盆地の雲の茜や

梅雨明けを待つまでもなき蜩を今年は聞かず日の暮れ難し

台風の北上による情報は気を揉むわれを夢中にさせり

台風が多分頭上を通過せむ予報時刻をトンボ群立つ

瀬戸内を一跨ぎして舞鶴を蹴上げし筈の夏台風は

わが家への非人工的アプローチ夏たけていよよ野道の如し

蓼酢もて身をばほぐせば香魚とふ命名の妙、絶滅するな

インフルエンザの予防接種証明は財布にありて期限越したり

何もせぬゆゑの低カロリーは病院食不味くて残せば気分衰ふ

三叉路

のつけから梅雨は末期のごとく荒れたちまち中休みのお天気様《さま》ぞ

びつしりと盗人萩に身を鎧ひ意気あがるさへ犬の犬たり

桐の花はみな空を向き山藤は己《おのれ》垂りつつ咲きかつは墜つ

今更に更を重ねてゆくほどに多き三叉路　花明かりして

花粉症には無縁のはずがその時期の終つてみれば嚏《くさめ》止みたり

里山のいま深みどり、奥山の蒼黒きさま統べて降る梅雨

白鷺は仄明かりして一尾を銜へぬ鴨らはすつかり暮れて

闇深にドロタクカヘセと触れゐしが不意にノリツケホーセとお婆《ばば》

「一日に一善」なさず一首得て寝に就く枕の嬉しく高く

梅雨明けの空見上げつつ白桃を啜る愉しみ今日果たしたり

事情

その一つだけはの願ひ叶はざる雑念があり　足踏み外《はづ》す

物を乞へど卑しからずにありたきが他人《ひと》の蔑せる貌の小憎さ

年長けて検査入院を申し出づ死出の経路を探る手立ての

入院は今直ぐぢやなく二週間後、そんな程度で間に合ふか癌

頑迷に狐狼圧されてたぢろげば髪が抜けても生き延びてみよ

病人になりたくてなる、成らざるを得なくても成る両者入院

前屈みがちと指摘され久々の白衣白袴に構へて果敢無《はかな》

たんと

かち渡る浅瀬浅瀬に小魚のさばしりをなす全き生命

八月に貰ひし米は台風の予備米にして今年もたんと

晩夏その近づく群の果て知らず一年に研ぐ水の賢さ

ふつ千切れ翔びしは台風の余り風、今日は虚空を引つ掻ける雲

厚らかに日反りて散りし樫木らにタブは茶色の大葉を撒くも

辞書になく読めぬ音訓、近年は勝手訓みにて子に命名す

新聞の改造安倍内閣の一覧を切り抜きて「歌壇」十月号に挟みぬ

秋霖のやうなる思ひ日々《にち》の明る間に射して堅固の病床《ベッド》

けんけんぱ

東山は誰の寝姿、西山に一つ乳頭没り日に尖る　（1・嵯峨野線）

山間の小さきダムの夕照りの蒼きさざ波　夏深みつつ

鉾杉の梢黒々立ちながら明日も晴なむ緘黙なれど

焰めく日の没りしかば一盆地囲める山は黒屛風なす

一日の暑き全天鎮めむと空澄みて邃《ふか》く青藍を張る

千年の寿命欲しくば浦島に化《な》るほかは無し　伊根は直ぐそこ

（2・丹波線）

網野なる砂丘メロンは文字どほり白き網もて実を包みをり

「環頭の太刀」出土せる丹後にて後世「赤鰯」をば作刀したり

「さざれ石」が巌になりしは四億年前、由良川は今鉄橋渡す

留守の間に蔓薔薇《ローラ・アシュレー》切られしと妻の亢奮　私ぢやないよ

（3・近況）

「百均」の孫の手をもて百円分われと我が背を掻くは愉しゑ

　見るだけ

紫陽花の今どきの名を知らざれば毬の大きさに顔近づける

夏の落ち葉のきつ掛けは桜、　葉脈を錆朱露はに地に到りつく

羽咋なる迢空五年祭行きずりの後学として椨《たぶ》に祓はれし

高浜や晩夏の沖の夕つ陽に「妣《はは》」見んとして五十年は経つ

浮世離れはいいが「さらば」はちと早し平均寿命にまだ届かない

ひとたびを罷れば二度を死にはせぬただかの界にゆかば戻れぬ

顧みて船酔ひするがの人生の浮沈おもしろ生き延びむかも

悪戯の好きな子供のやうな名のピロリは胃壁に落書きをせり

油蟬の相寄る二つの亡骸を両手に載せぬ晩夏はまだ先

ひぐらしの骸は軽し東京の五輪大会《オリンピック》は六年後ですと

台風が過ぎてから書きたき手紙あり一心不乱は言ひ得て難し

麦藁に塩辛に赤の異種浮遊、珍しや台風はそよりともせず

竹箒掃ふを傍に寝そべつていつも見るなる犬は見るだけ

あとがき

言の葉、多くの人との出会い、そして別れ、喜びと悲しみ、沢山の思いを言葉にして過ごす日々、だからこそ、その人の言葉は、神の森のように生い茂り人生という木を大きく逞しく育てて、やがて朽ちはてるとも、いずれ又新しい言葉が生れ林となり森となる。西村の言の葉は短歌にある。読み返し読み直しその心を摑み取り、長く生きる事を願って、叶わなかった事を思いひとり娘の咲耶子の家族と共に、長く長く言の葉を紬ぎながら生きて行くことを願っております。

最後に数々の言の葉を残して逝った私の両親である、福田榮一・たの子の歌集もぜひお読み頂ければ幸いです。父が「古今」で提唱した思索的抒情を確かに西村は継承していると思います。しかし「和歌に帰る」についてはもう少しの時あればと残念に思います。西村の新しい言の葉は、病が癒えた後にきっと、生れたであろうと思っていま す。

この遺歌集を出版するに当り大変お世話になりました真中朋久様、青磁社永田淳様に心から感謝致します。有りがとう御ざいました。

又飛聲の宮島慶子、松島千佳子、石渡洋子、伊藤和子、北上真生諸氏にはそれぞれ御事情が有りました中御無理を申し上げました所お心よくお手伝いを頂き、申し訳なく又有りがたく御礼申し上げます。

令和元年七月

西村　美濤

歌集　言の葉

初版発行日　二〇一九年九月二十日

著　者　西村　尚
　　　舞鶴市朝代一三（〒六二四―〇八四二）
　　　　　　　　　　　　　西村美濤（遺族）

定　価　三〇〇〇円

発行者　永田　淳

発行所　青磁社
　　　京都市北区上賀茂豊田町四〇―一（〒六〇三―八〇四五）
　　　電話　〇七五―七〇五―二八三八
　　　振替　〇〇九四〇―二―一二四二二四
　　　http://www3.osk.3web.ne.jp/~seijisya/

装　幀　仁井谷伴子

印刷・製本　創栄図書印刷

ISBN978-4-86198-442-6 C0092 ¥3000E